くららと言葉

知花くらら

講談社

フランス・パリにて。

スペイン・バルセロナにて。

『ニッポン無名偉人伝』（テレビ大阪）のロケで冬のパリへ。

乗り継ぎのアムステルダム国際空港にて。

内モンゴルで人生初の砂漠！

ブータンは祈りの国。

（上）2014年夏、沖縄「げるまキャンプ」。
（下）ETV特集『テレビが見つめた沖縄〜アーカイブ映像からたどる本土復帰40年〜』。座間味島での取材中に。

Kurara
et
des paroles

目次

はじめに

言葉は、人の人生をも変える力があります

2006年、ミス・ユニバースの世界大会。

それは、私の人生のターニングポイントの一つでした。

ふつうの大学生だった私が、いつの間にか今、こんなところまで来ていて――。

自分でも、驚きます。

そして、国連WFP(世界食糧計画)の活動をはじめてから7年。2013年には、国連WFPの日本大使に就任することになりました。

この活動で、私は多くのことを学んでいます。当然だと思っていたもの。それは、実はとても豊かなことだということ――。

自然の原風景の美しさや出会いは、〝一期一会〟だということ。

そして、大切な存在への感謝の思い。

拙《つたな》い文章でもいい。これまでの出会いを自分で綴ってみたい――。

そう思ったのが、この本を執筆するきっかけでした。

現地で出会った人々から、本当にたくさんの言葉を頂きました。

そして、身近にいる大切な人たちからも。

言葉は、ときに人の人生をも変える力があります。

今の私を動かしているのは、素晴らしい出会いと、そんな素敵な言葉たち。

この本を通じて、私のこと、私の活動を、より多くの人々に知って頂ければ幸いです。

世界のこと、そして大切な人たちのことを、想ってみませんか。

知花くらら

1

世界

le monde

願いごとが生じるときには同時に、
かならずそれをかなえる力があたえられる。
しかしながら、それなりの努力は
しなければならないだろう

リチャード・バック『イリュージョン』より

これはリチャード・バックの小説『イリュージョン』の中の大好きな一節。

とにかく出てくる〝救世主さん〟ってのが、ちょっとかっこいいんですねぇ……それはさておき。

願いごとはかなう。そして、胸に秘めているよりも、それを言葉にしたほうが、ずっと近道。想像は形になる。私はそう信じている。私の人生は、それの積み重ねだったから。

ミス・ユニバースというミス・コンテストに出たとき、最初は〝私なんて〟って思っていた。自分を卑下してるわけじゃないけれど、心の中で〝そんな華やかな世界、私には向いてない〟って。だから、日本大会で優勝したときは、自分でもほんとうにびっくりしたんだけれど。

そして世界大会へ。一生に二度とない機会を楽しんでいる自分もいたけれど、やっぱり自分が優勝する姿は、想像できずにいた。

でも、世界大会の現地に入って、私の心は変わった。各国のミスは賢くて、洗練されていて、決意も固く。〝私なんて、いやいやいや……〟と和の謙譲の精神で、腰がひけている場合じゃなくて。日本代表として、恥ずかしくないように、私も張り合いたかった。豊かな日本から来た私が、もしミス・ユニバースになれば、たくさんの人が耳を貸してくれるだろうし、力になってくれるのではと思ったし、世界の状況を伝えていく、平和のメッセンジャーとしてのミス・ユニバースになりたいと、だんだんと素直に思えるようになってきた。そして私は、大会前のいろいろなスピーチや取材で、

「私はミス・ユニバースになりたい。もし私がミス・ユニバースになれば……」

と、自分でも驚くくらい、はきはきと答えるようになっていた。最後まで舞台の上

に立っているであろう自分の姿を想像しながら。

そして、そのとき〝御社に入社したら私はぜひ……〟と、数々の入社面接で自己PRをこなしてきたことを思い出していた。そう、ミス・ユニバースといえど、就職活動のようなものなのだ。自分を採用してくれたら、こんなふうにがんばります！　と勢いよくアピールできなくちゃ、振り向いてもらえない。こんなところで就活の経験が役立つなんて、思ってもいなかったけれど。

一方ネットでは、掲示板がいよいよ賑やかになっていた。ミスコンファンが集うサイトがあって、それはもう、大変な人気。そして、「ミス・ジャパンもいい」なんて投稿してくれる人も出てきたらしいと、応援に来てくれた友人が教えてくれた。うれしかったけれど、そのとき、意外と私は冷静だった気がする。私にとって大事だったのは、ビューティ・クイーンになることより、私がこの大会に参加する意味。

〝私が社会のために、人々のためにできることはなんだろう？〟

私は、人生ではじめて、真剣に考えはじめていた。美は、利用するもの。美しくいることで、だれかのために何かできるかもしれない――。それならば、とことん、戦ってみようじゃないですか、と腕まくり。私の中ではじめて「勝ちたい」という願いが生まれていた。よし、ステージでは最後まで自分らしくいようと、私は心の中で誓った。

結局、コンテストには勝てなかった。結果は2位。つまり〝ミス・ユニバースとその他〟という現実だ。1位になれなければ活動はできない。それでも、最後の瞬間まで、あの舞台に立っていられたのは、想いを言葉にしたからだと思っている。

ミス・ユニバース前までは、普通の女子だった私だったけれど、その後、国連WFPの活動に携わるようになった。社会のために、人々のために、何かしたい。——そんな思いがカタチになった。

だから、まず言葉にしてみること。その言葉は、いつか命を持って動き、歩き出す。願う人の熱い思いをのせて。それを、どこかでだれかが受けとって、また、その他のだれかに伝わって。そうしてご縁は私のもとにやってくる、そんな気がしている。〝言霊《ことだま》〟とよく言うけれど、私は、その力を信じている。努力はもちろん必要だし、かなえるまでは、先が見えなくて不安かもしれないけれど。

夢なら、願ったことなら、挑戦しなくちゃ、ね。

人生の時間は、けっして待ってくれないもの。

世界では9人に1人が飢《う》えている

国連WFP

国連WFPとの出会いは、2006年。私がミス・ユニバース世界大会から戻ってすぐのことだった。

国連WFPから連絡を頂いて、広報の方とお会いすることになった。聞いてみれば、国連WFPに一通のメールがあったという。

「知花さんと国連WFPは合いそうだから、一度会ってみてはどうでしょう」

との内容。

私は少し、思い当たるところがあった。ミス・ユニバースが終わってから、さまざまなメディアや社交の場面で〝女性や子どもに関わる活動がしてみたい〟と話してきたからだ。もしかして、それをどこかで聞いた方が、ご連絡くださったのかもしれないと、とっさに思った。

私はこのとき、国連WFPのことをほとんど知らなかったから、レクチャーをして頂くことに。そして、ある活動のことを知って恋に落ちた。

国連WFPの活動は多岐にわたる。大きな柱は、災害や紛争時の緊急食糧支援。世界では、今もどこかで災害や紛争が起こっていて、食べたくても食べられない人々があふれている。

他には、自立を促し、自分で食べていけるようになるまでの食糧支援、母子の栄養支援など。

そして、私が瞬く間に恋した「学校給食プログラム」という支援がある。日本でもなじみ深い〝給食〟を学校に支援するもの。とはいえ、日本のようなメニューではなくて、とうもろこしや大豆を粉末状にした栄養強化の粉を水でといて煮る、いわばおかゆのようなものだったり、煮豆だったり。国によってさまざまで、スリランカでは豆カレーとツナカレーの2色丼だった（これはほんとうにおいしかった）。

学校給食プログラムは、子どもたちのお腹を満たすだけじゃなくて、教育にもつながっていく。

食べる物にも事欠くような貧しい地域では、子どもを働き手と考えている親御さん

たちが多くいて、学校へ行くくらいなら家で農作業や家畜の世話をしてほしいといった理由から、子どもたちを学校へ通わせることをよしとしない風潮があったりする。それに、女子には教育は必要ないと考える家庭もあるから。

I
世界

ザンビアの子どもたちと。

けれども、学校給食があれば、少なくとも一食は食べることができる。

さらに、給食とあわせて、植物油などの手みやげを持たせることもある。すると、親御さんは〝今日も学校に行っておいで！〟と快く子どもたちを送り出してくれるというわけ。出席率はあがり、タンザニアのとある小学校では、生徒たちの試験の点数があがったという結果報告もある。

この、シンプル、かつみんなハッピーな活動が私は大好き。教育が広まっていく、そんな実感が得られるのもうれしい。

2008年、WFPオフィシャルサポーターとして、はじめての現地視察がかなった。訪れたのは、アフリカのザンビア。

現地に着くと、もう見るもの聞くものすべてがショック。洪水によって家を流されても再建できるほど経済的な余裕はなく、畑が流され食べ物がない。次に襲った干ばつで、どうにか残ったわずかな畑は干上がったまま。人々の力では、どうにもできない自然の脅威にさらされていた。

ある学校に、学校給食プログラムの視察に訪れた。この現場にどうしても足を運びたかったから、はじめて見るその光景に、胸がいっぱいになった。子どもたちは、おかゆを煮ている大きな鍋の前で列をなし、赤いカップを手に持ち、配膳の順番を待っている。

国連WFP現地職員が私の耳元で、こう教えてくれた。

「彼らの多くが、エイズ孤児なんです」

その言葉を聞いた瞬間、石で頭を殴られた気がした。そう、ザンビアはHIV感染率が高いことでも知られる国の一つ。目の前にいる子どもたちとも無縁のことではなかったのだ。

「だれが彼らの面倒を見ているの?」

と聞くと、

「アフリカでは、祖父母や親戚の家に引き取られるケースが多くあります」

「それも不可能な場合は、ストリートチルドレンとなる子どももいます」

そう、これが彼らの現実なのだ。幸運にも、寝る場所がある子どもたちも、家では満足にごはんを食べられずにいる。学校でもらう給食が、その日の唯一の食事ということも多い。

この貧困の悪循環から彼らが抜け出すには? 私はやっぱり、教育だと思った。すぐ目に見える結果は出ないし、時間はかかる。でも、学校で給食を食べて、お腹いっぱいになって集中して勉強して。そんな子どもたちが大人になったとき、きっと何かが変わるはずだから。

食べ物は、教育への呼び水。

学校給食を支援することは、未来への種まきなのだ。

100やらなくてもいい、10でも、1でもいい。それは0よりずっといいから

ファッションジャーナリスト　生駒芳子

WFPオフィシャルサポーターとして活動をはじめて7年目の2013年。その活動が認められて、国連WFP日本大使に就任した。ここまで、マイペースで続けてきたけれど、最初は葛藤だらけだった。

活動をはじめたばかりのころ、私のメディアでのイメージは〝ミス・ユニバース世界大会第2位〟という、華やかなものだった。それは、自分自身とはちょっと距離があるものだったけれど。そんな中、ブログやさまざまな場所で、たくさんの批判を受けた。

「雑誌でちゃらちゃら高価なものばかり身につけることなんてやめて、さっさと現地に飛び込めば？」

「あなたの活動は偽善です。売名行為です」

「現地のＮＧＯで活動して、身を捧げてこそ本物でしょう」

……などなど。さすがにショックだった。メディアに出ることの反響がこんなにも大きいことに驚き、そして、こういった活動に対して、世間の目がこんなにも辛辣だとは。自分が批判の的になって、はじめてわかる悔しさだった。

大学時代には、国際教育学を副専攻で選択した。

〝どんな貧しい地域にも、男の子も女の子も関係なく、教育が普《あまね》く広くひろがっていくには、どうしたらいいのだろう？〟

という問題意識があったから。でも、机の上での学びに、心が折れるような気がした。だって、文献だけでは、〝今この瞬間、何が起こっているのか〟〝子どもたちが何に喜びを感じて、何を必要としているのか〟〝なぜ、教育は必要なのか〟——私のほんとうに知りたいことはどうしてもわからなくて。現地に行かなくては、わからないことだらけ。だから、現地で活動することに憧れた時期もあった。青年海外協力隊員が大学に来て講義をしてくれたとき、「現地の人たちの生活を変えたい」という情熱に突き動かされた活動の話に、それはもう、夢中になって。私なら、どんな国でどんな活動をしたいだろう？　なんて想像してみたりもした。だから、批判は胸につきささった。私自身、自分の活動は中途半端なのかもしれない、これでいいんだろうかって、不安に感じていたから。

そんなとき、生駒芳子さんというファッションジャーナリストにお会いする機会があった。新聞の対談企画だった。エコやチャリティといった活動に造詣の深い彼女が、ふと私にこう言った。

「100やらなくてもいいのよ、10でも1でもいい。それって絶対0よりはるかにいいから」

私は、横隔膜がけいれんしたのかと思うほど、ぶるぶると身震いして。目の前の霧が、すうっと晴れていくのを感じて、ああ、私は完璧になろうとしすぎていたんだって気づいた。

活動に身を捧げ100をやりきる、そんな理想高らかな枠に自分をあてはめようとしていたんだって。〝私が今いる立場で、できることがある――〟パズルのピースが、ぴたっとはまったように、私は、彼女の言葉に背中を押されて、前進する勇気をもらったように思えた。

今でも、彼女の言葉を講演会やトークイベントなど、あらゆる機会で引用させてもらっている。今の私にできることは、アフリカやその他の地域で飢餓に苦しむ人々の声を、できるだけ具体的なエピソードとともに、日本に帰って伝えること。表に出る仕事をする立場にある私だからこそ、できること。この活動は、耳を傾けてくださる多くの人たちがいるからこそ、はじめて実を結ぶ。

これからもできるだけ、たくさんの方々に伝えていきたい。今すぐに、だれかの命を救うことはできないし、現地の人々の生活に大きな変化も起こせない。でも、行動しないよりずっといい。今、立っているこの場所から、手を伸ばして届く範囲でできることを――。無理をせず自分のペースで。

必ず、自分にできる何かがあるから。

人々の苦しみに接するたびに湧き上がった怒りと悲しみが、いつでも、この仕事を続ける原動力でした

東野真『緒方貞子　難民支援の現場から』より

ザンビアの移動保健所を訪ねたとき、私はある母子と出会った。お母さんは、小さな赤ちゃんを抱え、地べたに呆然と座っている。飢えと脱水症状で危険に晒《さら》された、腕の中の命。私にはどうすることもできなかった。かけるべき言葉も見つからなくて。

移動保健所には、彼らにあたえるべき薬も治療も乏しく、家には十分な食糧もない。自宅からいちばん近い医療施設までは、炎天下のなか、徒歩で数時間かかる。母親のどこも見ていない空っぽの瞳が、私の脳裏に焼き付いている。

私は、目の前にいるお母さんの何の助けにもなれなかった。細っていく命を目の前に、見ていることしかできなかった。どうしてあのとき、何か他にしてあげられなかったんだろうって。今でも、あのとき感じた無力感を、はっきりと思い出せる。

この視察の旅で、私はザンビアのもう一つの問題にぶつかった。ザンビアは、アフリカの国々の中でも、ＨＩＶ感染率が高い。移動中に私は、こんな立て看板を道沿いで目にした。

「処女は、あなたの病気を治すことはできません」

思わず拳《こぶし》を握りしめたのを覚えている。ザンビアでは、処女とセックスをすることでＡＩＤＳ《エイズ》が治るという迷信が、未だに信じられている。無知をもたらす教育の欠如は、幼い被害者を、今この瞬間もつくり出している。

迷信が生み出す悲劇。被害を受けた女の子たちが痛くて苦しいことに変わりはない。声をあげることすらできず、じんじんと痛む心と身体を抱えて生きているのを思うと、憤《いきどお》りしか感じなかった。でもその憤りは、目に見えない大きな〝貧困〟という壁にぶつかって、跳ね返ってくるように感じられて。相手が漠然と大きすぎて、手に負えないと思えるほどで。今すぐ女の子たちを抱きしめられたら、どんなにいいだろうって。何かをしたいという気持ちと、たいして何もできない無力な自分への、やるせなさの間で私の心は揺れていた。

あれから7年。活動を続けていろいろな国を訪れ、さまざまなことをこの目で見る機会を頂いてきた。

命を救うことはできないかもしれない。今すぐ何かを大きく変えることはできない。今も現地に赴《おもむ》けば、自分の無力を突きつけられる。けれど同じ、世界にある多くの苦しみと悲しみを知った以上、私には責任があるのだと思う。もう、無関心ではいられない。だから、今の私にできることをするしかない。

考えるために足を止めることは性分じゃない。歩きながら、走りながら考える。完璧な自分じゃなくても、何もやらないよりは、きっと、いいんだって言い聞かせて。

現地の人々の現実を伝える、目となり、感じる肌になりたい。

結局のところ、他のだれもがやれることを、やっているにすぎません

オードリー・ヘプバーン

晩年、彼女はユニセフの活動に参加していた。アフリカやアジアの国々をまわって旅をするオードリー・ヘプバーンの姿を、彼女の写真集で知った。子どもたちと笑い合う彼女は、その場にいることがとても自然なことであるかのように、みんなのお姉さんといった感じ。

オードリー・ヘプバーンを描いた本に、記者に語った、こんな言葉があった。

「結局のところ、他のだれもがやれることを、やっているにすぎません」

この言葉が、世界的に有名な女優の彼女から出たとは、ちょっと意外な気がした。

けれど、なんだか私はすごく彼女が身近に感じられた。

女優という仕事、家族、そして自分自身の人生――。人生の意味を考えたとき、他のだれかのために時間を使うことは、きっと導かれるように行き着いた答えだったんじゃないかと思う。

けっして〝特別なことをしているつもりはない〟。そんな感覚は、なんだかわかるような気がしている。

数年前に、「プロボノ」という言葉を知った。プロボノは、pro bono publico（公益のために）というラテン語の略。今日、プロボノというと、自分のスキルや職能を活かして、技術・知識を無償でＮＰＯ（非営利団体）などの団体に対し提供することを指す。ボランティアというと、募金とかゴミ拾いといった単純作業を思い浮かべるところだけれど、プロボノはつまり、技術・知識の提供だ。たとえば、ウェブサイトを立ち上げたいというＮＰＯがあるとする。そこで、ウェブデザイナーが自分の時間を少し使って、そのサイトの立ち上げを無償で手伝うという具合に。なるほど、これはなんてすてきなアイデア！　と思った。

つまり、私の活動は、プロボノだ。知名度を使って、活動を広める。だから、私には無理がない。特別なことをしている感じもないし。きっとだれでもできることで、いま私は、この場所にいるからこそ、この活動ができる。

チャリティと聞くと、身構える感じがする。なんだかとても偉大なことを、継続して責任をもって、清貧の志《こころざし》で成し遂げねばならないっ！　みたいな。

でも実際のところ、私はマザー・テレサのように信仰を持っているわけでもなく、徹底したエコロジストというわけでもなく、四六時中アフリカの子どもたちのことで悩んでいるわけでもなくて。

毎日の仕事があり、東京に住む家があって、おいしい食事も好きだし、悩んで決めきれなくて、靴を大人買いすることだってある。そして、メディアに出る仕事をしていて、旅をする機会が巡ってくる。教育に関心があって、子どもたちが食べる姿を見るのが好きで。それをできるだけ、たくさんの人々に伝えることが、私の活動。自分も相手も、周りもハッピーになれるんだったら、それを進んでするだけ。

無理をしないことが、いちばん、かな？

ぼくたちは夢を見ることなんかできないんだ

ウガンダの男の子

2008年から2年間放送された『知花くららの地球サポーター』(テレビ東京系)という番組で、ODA(政府開発援助)の取材をさせて頂く機会があった。ウガンダは、その初回放送の国で。

私にとってははじめてのアフリカ大陸(その翌月、WFPオフィシャルサポーターとして、はじめてザンビアに行くことになる)。比較的経済発展の進むウガンダの首都カンパラから、車で30分も走れば、もうあたりは別世界。電気も、水道も、ガスもない。人々は村をつくり、土と草で家を建て、雨水を汲んで生活している。

舗装されていない道路を走っていると、道沿いにアフリカの打楽器を売っている店があって。店の軒先にいくつも丸い太鼓が並べてある。興味をそそられて入ってみると、店の中は、ところせましと天井にまで太鼓がぶらさげてある。この村の特産品だ。木をくりぬいて、乾燥させた牛の皮を張る——これはなかなか経験と技術を要する作業らしい。すると、店番をしていた男の子が、商品の太鼓をたたきはじめた。

私はあっと驚いた。だって、そのリズムがほんとうにすばらしいんだもの！　アフリカンミュージックは日本でも人気があるし、音楽音痴の私でも知っている。でも、彼のたたき出すリズムは、何と言うか、とっても〝生〟なのだ。ぞくぞくする、そんな感じ。するとそのうち、周りに集まってきていた男の子たちも、それぞれ違う音色の太鼓をたたき出して、あれよあれよという間に、小さな店は、さながら本場のライブハウスに変身。頭を揺らしたり、腰を振ったり。リズムは彼らの身体の中に染み付いている。そして、それは遠くの島国から来た私たちをも魅了した。〝アフリカのリズムは人類の根っこだ！〟なんて、音楽好きが高じてかなり哲学的な研究をしていた大学時代の同級生がいたけれど、いやあ、あのとき笑いとばさず、もっと話を聞いておけばよかった……と、思わず後悔するほど、私はすっかり、アフリカの大地の土臭いグルーヴ感にのみこまれ圧倒されて。

熱い演奏が終わり、店の入り口に座っていた男の子に声をかけた。彼は小学校を出てすぐ、この太鼓づくりをはじめたらしい。生活のためだ。訪ねてくるあてもない観光客を待つのはつらいよって、笑ってため息まじり。

「演奏、すごくすてきだったよ」

って言ったら、男の子はちょっと恥ずかしそうに顔を背けた。

「ドラマーになればいいじゃない！」

「…………」

この私の一言が、その場の空気を変えた。

「ぼくらには、何もないんだよ。街へ行くお金も無いし、車も無い。夢を見ることなんかできないんだ。そんなこと言うなら支援をくれよ」

私は、面食らってしまった。〝支援をくれよ〟という言葉が、つきささる。

私は急に、居心地が悪くなって。彼らの生活には、私たちにとって当たり前のものが、無い。泥にまみれた雨水の上澄みだけをすくって汲んでくる毎日。電気も無ければ、食糧も足りていない。

彼らの力だけでは、どうしても解決することができないことがある。

このとき感じた後ろめたさは……そう、罪悪感。つい、私が暮らしている日本と同じ感覚で、彼に言葉をかけてしまった。そして、私たちは豊かな国から来たのに、目の前にいる男の子に、何もしてあげられないいんだろうか？　そもそも〝支援〟って何だろう？　もはや私の頭は疑問符でいっぱいになっていた。

する側とされる側。ともすれば、支援は、そんな境界線を生んでしまう。支援される側は、時に自尊心を傷つけられながらも、だれかから与えられるのを待つことしかできない現実も。それは、目の前の飢えはしのげるかもしれないけれど、根本的な解決にはならない。

〝支援〟には段階がある。生命を守るため緊急を要する〝緊急支援〟。そして次段階に〝復興支援〟がある。どんな支援でも、いつかは終了することがゴール。だから、大事なのは、支援が終わったあと、彼らが改善された状況を自分たちの手で維持できるかどうか。ただ単純にGiveだけの支援じゃなく、彼らが自分の足で立てるようになるための、先を見据えた支援が必要で。

あのとき会った子どもたちが好きなだけ自由に、自分の未来を夢見られるようになるためには、どんな支援が必要とされているのだろう――。現地に赴くたびに考える。どんな境遇でも、命のある限り夢を見る権利は、みんなにあるはずだから。

I
世 界

NGO「あしながウガンダ」の寺子屋教室で出会った子どもたち（撮影：著者）。

あなたはもう、こんな小さな村へは
二度と戻ってこないでしょう。
私は何も持っていないけれど、
あなたのために祈ります

ザンビアのおばあちゃん

ザンビアの世界三大滝の一つ「ヴィクトリアの滝」といえば、耳に馴染《なじ》みがあるかな。美しい絶景が広がる自然豊かな国だけど、貧困と飢餓で苦しむ人々が多く暮らしている。

とあるおばあちゃんに、話を聞くことができた。

おばあちゃんは、家のそばにある大木の枝を指差して、「あそこまで水が襲ってきたんだよ、家も畑も全部流されてしまって」と、説明してくれた。その洪水が今、私の目の前に迫ってきたら……身震いした。そして、案内してくれたとうもろこし畑では、収穫時期だったはずなのに、ほとんど育っていない。乾いてカラカラ。洪水の後、流された畑をまたゼロからつくり直したのに、さらに今度は、干ばつの被害を受けていたのだ。問題は、十分な灌漑《かんがい》施設がないこと。おばあちゃんは、近くの川まで、バケツを頭にのせて、歩いて水を汲みに行く。もちろん、舗装された道はない。アフリカの太陽は、容赦なく乾いた大地に降り注ぎ続ける。水汲みだけで、何度も往復しなければならない一日。作業は追いつくはずもなく、畑復旧の見通しはまるで立たず。彼女らの生活は直に打撃を受けていた。

今すぐに、おばあちゃんの畑に灌漑施設を建設することはできないし、現金を手渡すわけにもいかない。畑の柵の向こうで、近所の人々がじっとこちらの様子をうかがっているのが見えた。

おばあちゃんに向かって、WFPオフィシャルサポーターとして、国に帰ってみんなにこの状況を伝えますから——なんて言ってみたところで、ああ、無力すぎる。とりあえず、水汲みの手伝いを申し出たら、おばあちゃんは、それでもすごく喜んでくれた。すごく小さなことだけど、そのときの私にはそれしかできなかった。

半日一緒に過ごしただけだったのに、帰りにはもう、私はおばあちゃんがとても愛

おばあちゃんの畑仕事を
手伝うため、近くの川へ
水汲みに。

おしくて、抱きしめたい気持ちで一杯になっていた。さよならと言うのが忍びなくて、「おばあちゃん、またね」と言って手を振った。すると、おばあちゃんは私に向かってにっこり、こう言った。

「いいえ。あなたはもう、こんな小さな村へは二度と戻ってこないわ。私にはわかる。お別れに何かあげたいけれど、私は何も持っていない。かわりにあなたのために祈るわ」

って。私は、穴があったら入りたいくらいに、恥ずかしくなった。戻ってくる予定なんかないのに、「またね」なんて。軽々しいその場限りの言葉が、こんなにも虚しいなんて。

〝何も持ってない〟なんて、それは違う。おばあちゃんの目は、無駄なものをそぎおとして、本質を見抜く目なんだ。アフリカの自然と大地に育まれた目。一期一会――この日この場所で出会えたことが、ほんとうは奇跡に近くて。この瞬間はもう戻らない、永遠のもの。だから、大事にしなくちゃいけないのに。そんなあたりまえのことに、私は気づかされて。旅路の無事を祈ってくれる気持ちも、温かかった。

ああ、私はもらってばかり。ほんとうの豊かさって、なんだろう。

WFP/Rein Skullerud

It's not over yet.
——まだ終わっていないんだ

元国連ＷＦＰフィリピン事務所長　スティーブン・アンダーソン

「洪水が家の塀の高さまで来て、子どもたちを連れて塀に登って逃げました」

倒壊した、かつての住み慣れた家を指差して、あるお母さんはこう言った。目の前にその光景が広がったように感じた。どれだけの人々が生活を失ったんだろう。２００９年、台風16号（現地名「オンドイ」）は、フィリピンのマニラを直撃。盆状になった湖から水があふれ出し、周辺の集落が水に飲み込まれた。その３ヵ月後に訪れた、最貧困層の人々が住む地域。小さな路地には、まだ水があふれていた。家から家へと、人々は簡易の筏《いかだ》をつくって漕《こ》いで渡る。汚水がまじった不衛生な水が、直接触れると肌を蝕《むしば》む。

国連ＷＦＰは、自然災害の緊急支援として、とうもろこしと大豆の粉にビタミン、ミネラルを加えた、栄養強化の粉を配布していた。そのとき、当時の国連ＷＦＰフィリピン事務所長スティーブン・アンダーソンはこう言った。

「It has been 3 months, but it's not over yet.（3ヵ月経ったけれど、まだ終わっていないんだ）」

台風16号の被害の甚大さは、日本でもニュースで流れた。けれど3ヵ月経って、フィリピンの今を報道するメディアはほとんどなく、私も正直、忘れてしまっていた。けれど、今なお人々は、家々に浸水するこの汚水とともに生活している。そして、改善の見通しは、まったく立っていなくて。ふと遠くを見やると、発展を遂げているマニラの象徴、高層ビルがそびえ立つのが見える。その地域だけまるで、人々にも社会にも、忘れ去られてしまった場所のようだった。

２０１１年3月11日、東日本大震災が起こった。テレビから流れる津波の光景に日本中が震撼《しんかん》した。私は、国連ＷＦＰの支援のため、震災後間もなく、宮城県は南三陸町に入った。目の前の光景を、すぐには飲み込めなくて。何もかもが、流されてしまっていた。大きなマンションも、船も、車も、そして大切な命も——。潮の匂いが漂っていた。その日は雨で、町中がぬれていた。止まったままの目覚まし時計や、台所の調理器具も、片方見当たらないスリッパも。

それから2ヵ月半が経った5月末に、今度は個人的に生野菜支援のために再訪したとき、震災直後のがれきは片付きつつあり、復興市が開催され、避難所から仮設住宅への移転が少しずつ進んでいた。規模は違うけれど、あの時のフィリピンに比べて、復興の早さに驚いて。何より違ったのは、日本中の関心が集まっていたこと。そして、想いも。たくさんのボランティアの方々が炊き出しをしたり、がれき撤去に従事したりと、地元の方々と一緒になって、復興を押し進めている姿を見て、日本人って温かいなぁって、なんだか誇らしい気持ちになった。

心を寄せること、そして関心を持つことで変えられることがある。時間とともに忘れられがちなニュースは世界中たくさんあるけれど、現地では、まだ終わっていない。何が必要とされているのか。刻一刻と変わっていくニーズや状況。ニュースのその後を追いかけて、知ること。それはきっと、何か行動を起こすときの情報となるし、ヒントにもなる。

〝忘れていないんだよ〟という想いが、だれかを救うのかもしれない。

I
世 界

フィリピンの子どもたちと。災害にも負けず、元気いっぱい。

We are equal.
——私たちは平等なんだ

国連ＷＦＰスリランカ事務所職員

だれよりも、空に近づいたような気がした。日差しは刺すように熱い。眼下に広がる、スリランカの自然に足下《あしもと》から飲み込まれそうで。世界遺産「シーギリヤロック」は、高さ約２００メートル。その頂上に5世紀後半に建てられた王宮は、まるで天空の城。はるか昔、父から王位を奪ったカーシャパ王は、追放した弟の復讐をおそれて逃れるようにこの宮殿をつくった。その頂上に立つと、強い風が舞い、髪を逆さに吹き上げるほど。かつて、ここに束の間輝いた栄華は、どんなものだっただろうか。〝輝く島〟という意味のスリランカは、八つの美しい世界遺産のある国。特産品は紅茶、カレー、貴石。そしてアーユルベーダの本場でもある。

そんなスリランカで、１９８３年に内戦が起こり、２００９年までなんと25年以上も続いた。この内戦は、多数派のシンハラ人が率いる政府と、独立を求める少数派のタミル人の反政府勢力「タミル・イーラム解放の虎」（ＬＴＴＥ）の間で起きたもので、北部では激しい武力衝突で民間の被害が拡大した。タミル人とシンハラ人の溝はますます深まり、人々は国内避難民となり、住む場所を失った。私たちが北部を訪れたのが２０１０年、内戦終結の翌年。倒壊した給水塔には、無数の弾痕《だんこん》が残り、学校は半壊状態。ようやく再開された学校では、国連ＷＦＰによる学校給食プログラムが実施されていて。銃撃戦でほぼ壊れて屋根のない給食室で、地元のおかあさんたちがその日の給食をつくっていた。きちんと制服を着て、学校へ通ってくる子どもたち。授業中はかなり真剣で。国内で実施されるテストに向けて猛勉強中なんだと話してくれた男の子もいた。聞けば、スリランカは勉学が重視される教育熱心な国なのだそうだ。子どもたちが、お腹いっぱい食べられて、一生懸命勉強している姿を見るのは、私の楽しみの一つでもある。学校給食プログラムという支援で、彼らの未来がもっと広がればいいなって。

そんなふうに、目を細めて子どもたちの様子を眺めていると、ある国連ＷＦＰスリランカ事務所職員が私に言った。

スリランカにて。給食の配膳中、子どもたちが順番を待つ。

「ぼくはタミル人だ。私たちは、平等なんだ。それを日本の人たちに伝えてくれないか」

と。ちょっと私はびっくりした。いつも冷静で知的な彼が、このときは、感情を隠さなかった。そのまなざしは、私の目の奥まで射抜くように真っすぐで。タミル人かシンハラ人かということは国連職員として中立性を重んじる彼にとってさえ、デリケートな問題で、内戦が終結した今も、人々の心の傷は癒えていない。スリランカという小さな国に、大きな断層がいまなお、刻まれている。

気になるのは子どもたちのこと。戦争中は、家族と一緒に逃げることを余儀なくされて、学校にも行けない状態が長い間続いた。今は、再開された学校で学んでいるけれど、戦争による教育の空白の時間が、いつかさらなる差別を生むんじゃないかって。教育熱心な国だからこそ、なおのこと。格差が生じ、彼らの中で不公平の火種としてくすぶることになりはしないだろうか。破断層がこの地を切り裂くんじゃないだろうか――。ぬぐい去れない劣等感や憎しみが、どうか生まれませんように。

無邪気に教室で勉強する子どもたちの瞳が、これからも、まっすぐ好奇心と夢で、きらきらし続けますように。

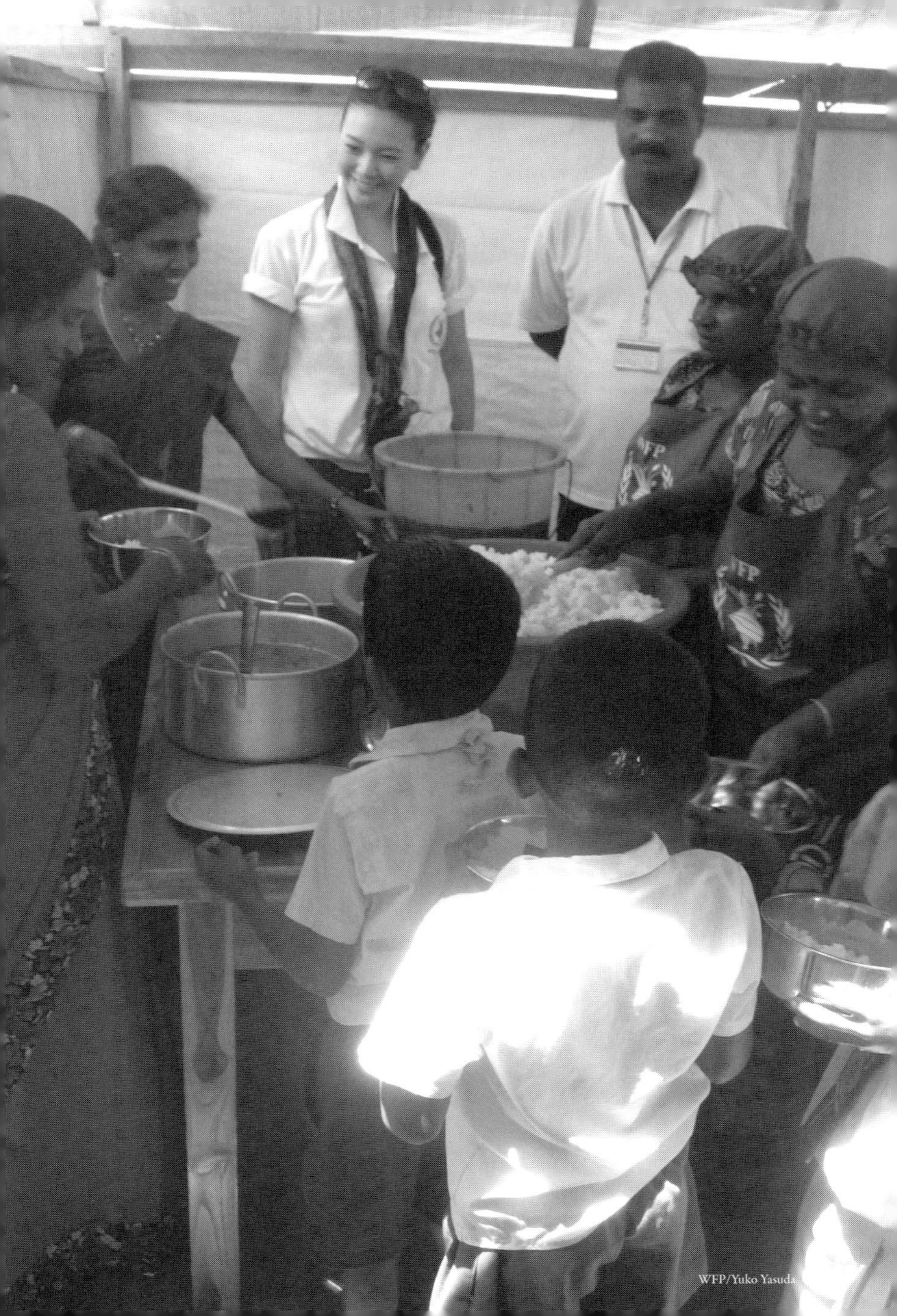

WFP/Yuko Yasuda

事業をはじめるためのお金を貸して！

スリランカの戦争未亡人たち

スリランカを訪れたとき、国内避難民となって、散り散りになった人々が、少しずつ村へ戻りはじめていた。学校は破壊され、見るも無惨な状態だったけれど、村では20人ほどの女性が集まり、何やら話し合っている。それは、住民みずから村を復興できるようにと、JICA《ジャイカ》（国際協力機構）が支援しているプロジェクトの一環だった。子どもを連れているお母さんたちもいる。一人の女性がノートに何か書き付けていた。覗き込むと、

「各家庭の子どもたちの名前一覧表よ。だれが小学校に上がる歳だとか、だれがいないとか、チェックするため」

と、はきはき答えてくれた。なるほど、戦争で散り散りになった家庭を把握するた

め、か。すると、隣にいた女性が、

「彼女は、ちゃんと字が書けるから、こういう作業は任せてるのよ」

と誇らしげだ。あれ？　思ったよりもしっかりコミュニティが機能している。戦争後で、もっと精神的に参っている状況を想像していたから、私は不意打ちをくらったようになった。

「今、何がいちばん必要ですか？」

と聞いてみた。すると、

「お金よ！　事業をはじめるためのお金を貸して！」

お母さんたちは明るい声で、私たちに訴えた。戦争直後の何もない状態。藁《わら》にもすがりたい、そんな状況のはずなのに。自立するために、自分たちで何か新しいビジネスをはじめたいなんて。そのあっけらかんとした笑顔にびっくりもしたけれど、ほっとした。きっとこの女性たちがいれば、この地域もやがて笑顔を取り戻すだろうなって。泣いていたってはじまらないから。

すべては、子どもたちのため、家族の明日のため。

母は、強し。

メガネは頭にのせるものじゃないよ

スリランカの男の子

スリランカのとある村の昼下がり。国連WFPの学校給食プログラムが行われている小学校を訪ねた。

半壊した給食室で、その日の給食の調理がすでにはじまっていた。外国人を見て目をぱちくりさせている子どもたちに、近づいて声をかける。カメラを見せると、ふっと顔がゆるむのがわかる。こういう機械を見たことがないから、珍しいみたいで。私は、ここぞとばかりにカメラで気をひいてみる。レンズ越しに大きな目がくるくると動く。透き通っている、そんな印象だ。ほんとうにかわいい。ちょっとこちらに慣れてくると、いたずらしてくる子どももいて。そんなとき、ああ、子どもって、どこの国も変わらないんだなあ、と思う。

まさにこの男の子！ 私のサングラスを見て、この時「ヘンだなぁ」って思っていたなんて(笑)。

WFP/Yuko Yasuda

帰国して数年経ったある日、私は『世界ふしぎ発見！』（TBS系）というテレビ番組に解答者として出演するため、収録スタジオに座っていた。その日のテーマは、〝輝く宝石の島スリランカ〟。VTRを見ていると、見たことある景色だ……と思ったのも束の間、何と、私が以前に訪れた小学校にミステリーハンターさんが！　わぁ、懐かしいなぁ！　なんて、収録中、私はにたにた笑みを浮かべてVTRに釘付け。すると、なにやら見覚えのある男の子が登場して。

「彼女は変わってたよ！　だって、頭にメガネをのせてた！　メガネは頭にのせるものじゃないのにね」

そう、それは私のこと！　ああ、愛しすぎて、今すぐスリランカに飛んでいって抱きしめたいくらい。そうね、メガネは鼻にのせるものだものね。まあ、あれはメガネじゃなくてサングラスだったけど……。私、なんだかまるで、『星の王子さま』に出てくる〝大人〟になった気分よ。覚えていてくれて、ありがとう。今ごろ、しっかりお勉強してるかな。そして将来、国を背負う立派な男子になってちょうだいね。

ひとつの手は
自分自身を助けるために
もうひとつの手は
他者を助けるために

詩人　サム・レヴェンソン『時の試練をへた人生の知恵』より

学生時代に、あるお坊さんにこう言われたことがある。

「今、あなたがその食事を贅沢だからといってがまんしたところで、アフリカの子どもたちが救われるわけではない」

って。目の前のステーキをがまんしたからって、この分厚いお肉をアフリカの子どもたちにあげることはできない。そのとき、なんだか気が楽になった自分がいた。たぶん、罪悪感から逃れたかったんだと思う。

国連WFPの現地視察に行くと、目の前にその日のごはんを買うこともできない人々がいる。私は東京に帰れば家もあるし、おいしい食事もできる。恵まれた環境で、どれだけ現実を直視できているだろうかって、思うことがある。現地で感じる〝共感〟は、嘘になりはしないだろうかって。でも、後ろめたい気持ちになっても、目の前の現実は何も変わらない。

だから数年前、決めたことがある。おいしいワインを呑むたびに、一つ、訪れた国の話をしようって。たとえば、食事会に行くとすると、それが初対面の会でも、どんな人々がどんな目的で参加していても、私は強引にでも、自分の話をする。いちばんは、直近の現地視察の話をすることが多いかな。難しい話ではなくて、私が出会った現地の人々のエピソード。何でもいいんだけど、行ったばかりの国のことは、いちばんライブに話せるし、みんな、結構ちゃんと聞いてくれる（めんどうくさいなって思ってる人がいたらごめんなさい。でもやめない）。まあ、もちろん毎回それができるわけじゃないけれど、でも、0よりずっといい。

まずは、自分が満たされること。これって、とても大事だと思う。だって、恵まれているということは、一つの役目。他者のために、分かち合うという役目。人を助けるためには清貧でなくてはいけない、なんて、私はそんなふうには思わない。何不自由ない生活を送れる自分だからこそ、できる何かがある。恵まれているからこそ、おだやかで優しくなれることってあると思うから。

人間は、人を想うチカラがあるんだもの。だから、人を助けたいと思ったら、我慢するよりも、何か小さなことをひとつでも、はじめたほうがずっといいんじゃないかって。

光の大切さがわかるのは、
暗闇のなかにいるときです。
声の大切さがわかるのは、
声をあげるなといわれたときです

マララ・ユスフザイ『わたしはマララ』より

「ミス・ジャパン、一枚、選んで」

私は、透明の箱に入った何十もの紙の中から、一枚をつかんだ。司会者が、それに書かれた質問を読み上げる。どきどきした。どんな質問がくるだろう。私は答えられるだろうか。

「人間の歴史の中で一つ、変えられるとしたら?」

難しい質問だと思った。目の前の観客は、固唾《かたず》をのんで、私の一挙手一投足を見守っている。しーんとした会場。

私はこう答えた。

「女性への搾取・暴力がなくなれば、この世界は、もっと素敵な世の中になると思います」

このとき、ミスコンの舞台の上でマイクを向けられながら、正直、皮肉に思っていた。みんな同じ水着を着て、舞台の上をひらひら歩くのを見られて、そして審査されるのがミスコン。そんなものに出場している私が、女性の権利について語るなんて、嘲笑《ちょうしょう》されるだろうか。

でも、それでもよかった。緊張もしていたから、拙いメッセージだったけれど。世界中の人が観ているこの舞台で、虐《しいた》げられた小さな存在たちに、この目映《まばゆ》い照明が少しでも当たるなら。私はイブニングドレスに身をつつみ、JAPANと書かれたたすきをかけ、拍手をあびながら、大学の図書館で見た、写真の中のアフガニスタンの、ある女性の顔を思い出していた。硫酸でただれ、鼻がそぎおとされ、唇は半分失われ、その瞳はどんな表情をしているのかさえ読み取れないほど真っ暗で。

イスラム圏の女性のことを知ったのは、大学生のころ。国際教育学を副専攻としていた私は、当時女性に関するいろいろな文献を読んでいた。知れば知るほど、女性に対する一方的な暴力への嫌悪は増すばかりで。女性に硫酸を浴びせるのもその一つ。美しい顔は永遠に戻らない。なかでも〝名誉殺人〟という言葉を知ったときは、にわかには信じられなくて。夫以外の男性との交際は姦通罪《かんつうざい》。ときに言葉をかわしただけでも、夫の不名誉となることをしたとして、妻は夫やその家族に殺害されることがある。これが、〝起こっても不思議じゃない〟らしい。

女性は、所有物でも奴隷でもなんでもない。男性と同じ、一人の人間であって、欲求もあれば、涙もある。痛みも感じる。それなのに、女性には権利が認められていないという。彼女たちは、まるで見えない檻《おり》に閉じ込められてしまったよう。そこから這《は》い出るすべを持つことさえ許されていない。女性に生まれたことは罪じゃないのに。彼女たちの痛みを想像することしかできないけれど、それでもやっぱり身が引き裂かれるような気持ちになって。大学生の私は、漠然とだけれど、女性のための活動にいつか関わりたいと思うようになっていた。

そして2012年、パキスタンでマララ・ユスフザイという15歳の少女がタリバンに襲撃された。日一日と迫りくるタリバンの暴力の影は町中に忍びより、学校は破壊され閉鎖に追い込まれ、人々は恐怖に縮こまるしかなかった。ニュースを観ながら、どうして15歳の女の子を……と、怖くなった。

マララちゃんは、状況が悪化すればするほど、もっと大きな声で、女の子たちが学校に通う権利を訴え続けた。ラジオで、テレビで、インターネット上で。女性が自由になるには、教育しかないと。そして２０１４年、マララちゃんはノーベル平和賞を受賞した。危険を顧みず、声をあげることで、世界を動かせることを、あの小さな身体で体現したマララちゃんはすごい。女性の権利を守ること、そして、声をあげることの大切さ。マララちゃんの姿を通して、改めて考えさせられて。

光は、光の中にいては見えにくい。けれど、光の中という、恵まれた環境にいるからこそ、できる何かがあるはず——。女性のいちばんの味方は、女性のはずだから。私たちの唇は、きれいなルージュをのせるためだけにあるんじゃない。話す唇を与えられた私たちは、考え、そして語る責任があるのかもしれない。声を取り上げられた女性たちに代わって。

神よ、与えたまえ
変えることのできるものを
変えていく勇気を
変えることのできないものを
受け入れる冷静さを
その二つを見分ける知恵を

倫理学者　ラインホールド・ニーバー「ニーバーの祈り」

「祖母はマハドのときと同じ姿勢で私の上半身を押さえた。二人の女が私の脚を開いて押さえた。さっきの男がはさみを手に取った」（『もう、服従しない　イスラムに背いて、私は人生を自分の手に取り戻した』アヤーン・ヒルシ・アリ著）

女性器切除（ＦＧＭ）は、アフリカの国々で、初潮前の少女に対して行われている。成人の通過儀礼として、または「純潔」を守るため。ソマリアでは、クリトリスと陰唇を切り取り、傷口を縫い合わせる。もちろん、麻酔などない。伝統的切除師という人々がいて、母親や祖母が身体を押さえつけて行われる。不衛生な状況下であり、多くの女の子が手術中、もしくは、その後命を落とすケースが非常に多い。味方でいてくれるはずの祖母や母親が、このときばかりは娘を力ずくで押さえつける。女の子に選択肢は、ない。〝クリトリスは忌まわしいもので、それをとってしまうことが、正しく、お前のしあわせになるんだ〟と、耳元で優しい声でささやかれる。身動きがとれず、脚を開かされ、何か得体のしれない恐ろしいものが、痛みをもたらす。

伝統的な儀礼として今日もまだ行われているけれど、やっぱりこれは、悲惨だ。何より、小さな女の子だけが痛みで苦しまなくちゃいけないなんて、絶対おかしい。受け入れるしかないなんて。

アヤーン・ヒルシ・アリは、アメリカの『TIME』誌で、「世界で最も影響力のある100人」に選ばれた女性だ。ソマリアに生まれた彼女は、イスラムの信仰を持ち、性器切除、強制結婚を経て、オランダに逃れて難民申請をする。その後、オランダの国会議員となり、女性がもっと自由になるための法律をつくる。ざっと書き出しただけでも凄まじい人生だけど、彼女の著書に書かれた彼女の人生はいつだって自由への闘争だった。最初は、信仰のベールに髪や肌を隠し、暴力に耐えて生きていた彼女が、自分の意志で女性抑圧の社会から飛び出した瞬間は、読んでいて涙が出た。尊厳をもって静かに受け入れなくてはならなかったもの、そして、どうしても変えたかったもの——。それは、彼女には、はっきりと見えていたに違いない。

彼女の生き方は、まるで「ニーバーの祈り」みたいだと思った。

ふと、久しぶりにこの祈りを暗誦《あんしょう》してみた。これは、アメリカの倫理学者ラインホールド・ニーバーがつくった、祈りの言葉だ。高校生のころ、臨床心理士になりたくて情報収集しているときに、知人のカウンセラーから教えてもらった。アルコール依存症の自助グループが、よく引用するらしい。この祈りは、何かに転んで精神的に患《わずら》う人々だけのためのものでなく、日常に生きる私たちすべてに贈られるべきだと、そのとき思った。

私の夢だった臨床心理士の道をあきらめたときも、大学受験に落ちたときも、恋を失ったときも、心が荒ぶったときも。自分以外のだれも信じられなくなって、暗闇でもがいていたときも。まるで心のお守りみたいに、この祈りの言葉はいつも、私の心を鎮めてくれて。

だれだって、闇のなかを進まなくちゃいけないときがあるもの。そして、世界中の性的な被害を受けた小さな犠牲者たちにも、この祈りの言葉がそっと手元に届くといいなって。彼女たちは、日常に埋もれ、痛みに耐えて、声をあげられないことだって多い。

どうか、神さま。女の子たちの背中に翼をください。自由に飛び立てる日を、夢見るために。

Be free like a flying peace dove.
——鳩のように自由であれ

ウガンダの元少女兵

「知花さんに、子ども兵の取材もしてほしかったんだけど、ちょっと今回はロケの日程の関係で難しくて」

と、『知花くららの地球サポーター』の番組ディレクターさんに言われた。この番組で、さまざまな途上国へ赴いた。訪れた国ウガンダは、子ども兵という大きな問題を抱えている。神の抵抗軍（通称ＬＲＡ）と政府軍の戦いが長期化し、多くの子どもたちが村から誘拐され、強制的に武器を持たされ兵士となる。直接取材こそできなかったものの、その問題に強く心をひかれて、帰国後、文献や資料をあたってみた。

おちくぼんで、潤んだような大きな二つの目。レンズを見つめているようでいて、何も見ていない。それは、ウガンダの子ども兵の写真。私がショックを受けたのは、子ども兵の中に女の子も少なからずいたということだった。女子兵に期待されるものは、戦闘以外に二つ。男たちの身の回りの世話と、性的欲求のはけ口。時に武器を持ち村々を襲い、そして兵士の妻として働かされる。逃げ出す気力もない。帰る場所なんてとうの昔にないから。暴力で、身体どころか魂まで縛られて。自由を奪われ、尊厳を踏みにじられ。暴力は思考を奪い、狂気を生み、さらなる暴力を生む。

戦争が終わり、救出されたとしても、さらなる苦難が待ち受けている。家族や村では人殺しをした彼女たちを見る目は冷ややかで。襲った村々、手にかけた人たちの恐怖の顔、そんな光景が今も彼女たちの胸を引き裂かんばかりに苦しめる。彼女たちの唇は、麻痺したように重く、多くを語ろうとしない。罪を背負ってしまった以上、しあわせになる権利なんかないと、自分を責めているようにも見えて。

彼女たちは、加害者でもあるけれど、何重にも傷を負った被害者でもある。学校での授業でもいい、職業訓練もいいかもしれない。彼女たちに生きる意味を、そして自立できる環境を。進みながら、生きる勇気を手にしてほしい。もう、自分を責めないで。ウガンダの空は、青く広くて。いつか、平和の象徴の鳩のように。真っ白な羽をのびのびと空に広げて羽ばたいていてほしい。

Life goes on.
――人生は続くのよ、それでも

2006年ミス・レバノン　ガブリエル・B・R

世界中のミスたちが一斉に集う、まさに美のワールドカップともいえるミス・ユニバース。2週間の共同生活を経て、最後の夜にコンテストが開催される。各国一のべっぴんが集まるわけだから、集合初日のにぎわいたるや、なんとも華やかで、いい匂いがして。自分もその参加者だってことを忘れて、ほわほわっと浮かれた気分になったことを今でも覚えている。

その日、最後のコンテストを控え、私たちはリハーサルに忙しかった。ホテルの外は毎日、熱狂的なミスコンファンが出待ち状態。マスコミも、いろいろな国のミスにターゲットを定めて独自の取材をしようとにぎわっていて。あるシーンのリハを終えて、舞台から袖に戻ってくると、お互いの顔がようやく見えるような暗闇で、数人がこそこそ話しているのが聞こえた。その様子がただならぬ感じだったから、「どうしたの?」って、その輪に首をつっこんでみた。

「戦争よ」

「……え……?」

最初は、何のことやらよく事情が飲み込めなくて。聞けば、イスラエルがレバノンを攻撃しはじめたらしいという。イスラエルによる、レバノン侵攻(2006年)が始まったのだ。微妙な沈黙が流れた。だれもが、その場にいたミス・レバノンのガブリエルを無言で気遣っている。そういえば、ミス・イスラエルは、今どこにいるんだろう? リハーサルの順番待ちで、ボールルームにいるかもしれない。私はふと、彼女は大丈夫だろうかって心配になった。世界大会も全日程終盤にさしかかり、中でも、ここのところ仲良くなったのがミス・イスラエルで。彼女の名前はアナスタシア。ぬけるような白い肌、アーモンド型の目は長いまつげに縁取られて、瞳はまるで深い湖のよう。おまけに、おっとりした話し方は、こちらを優しい気持ちにさせてくれた。

「私の国は、ほんとうに美しいのよ。絶対遊びに来てね！」

目をきらきらさせて語る、そんな彼女のことが大好きだった。けれど、今イスラエルは、全土空爆により、レバノンの何の罪もない人々も攻撃している――。なんだか、戦争も、この華やかな舞台も、どちらも現実感がなくて、フィクションの世界のことのように思えてきて。

国家間に何があろうと、今この瞬間何が起こっていようと、翌日の大会の幕は開く。私たちは、どんな国の事情を背負っていたとしても、美しく華やかな舞台に立つのだ。平和と美の使者として。それは、ある意味、酷なことなのかもしれなかった。特にミス・イスラエルやミス・レバノンにとっては。けれど、私たちにとって、二人とも同じ仲間に違いない。昨日も今日も、そして明日もそれは同じ。私は、ミス・レバノンに、こう聞いた。

「ガブリエル、あなたこれから、どうするの……？」

「わかんない。大会が終わっても国には戻れないから、とりあえず、アメリカ大使館に行くわ」（＊この年の世界大会はアメリカ・ロサンゼルスで開催）

「……大丈夫？」

「家族にも会えない。友達にも。でも、仕方ないわ。人生は続くのよ、それでも（Life goes on.）」

あっけにとられるほど、彼女の言葉に暗さはなかった。右手をひらひらさせて、その場を去ったミス・レバノンの後ろ姿が、今でもまぶたの裏に焼き付いている。華奢《きゃしゃ》な彼女の背中が背負っているものは、なんて重いんだろう。彼女の身体がぽきっと折れてしまいそうなほどに。けれど、彼女はその場にいるだれよりも、淡々と、自分の運命を受け止めているように見えて。ほんとうの強さって何だろう。

世界のどこかで、今も戦争や争いがある。もし、私がこの大会に出ることを途中であきらめていたら、私にとってそれらは、遠い国の出来事のままだったかもしれない。でも、目の前にいる、同じ年ごろの美しい女の子が、今まさにその人生の荒波に飲み込まれようとしている――。昨日までは、ボーイフレンドのこととか、家族のこととか、たわいもない話をして笑い合っていたのに。ああ、私は見ようとしてこなかっただけなのだ。今、世界で起こっていることを。彼女は彼女の人生を進んでいる。力強く。そして私には、何ができる？　日本の代表として舞台に立って、恥ずかしくないように、堂々とありたい――。なんだか、清々しい気持ちがしていた。

与えるのが女の役目であるならば、同時に、女は満たされることが必要である

A・M・リンドバーグ『海からの贈物』より

「乳がいつも出るためには栄養を取らなければならない。与えるのが女の役目であるならば、同時に、女は満たされることが必要である」

これは、A・M・リンドバーグの『海からの贈物』の一節。はじめて読んだとき、漠然と〝そうだ、そうだ、女だって〟と、共感したのを覚えている。

2013年に訪れたエチオピア。国連WFPの支援で、母子のための栄養支援が実施され、栄養強化の粉の配給、乳幼児に与える食べ物、栄養についてのレクチャーが行われた。その日、たくさんのお母さん方が、子どもをおんぶしてやって来ていた。十分な食糧が手に入らない生活だけれど、精一杯子どもたちのために何かしたいとい

う気持ちは、世界共通なのだ。そのまなざしは、真剣そのもの。勉強熱心だなぁって、ちょっと感心しちゃって。

あるお母さんに話を聞くと、彼女の息子は下痢が続き体重がなかなか増えずにいたところ、支援が始まってからは、順調なんだそうだ。

「支援で頂いたおかゆの粉は、ちゃんと子どもにつくってあげています。家畜の世話や、家事もあるから、大変だけど」

と、ちょっとはにかみ笑い。お父さんは出稼ぎで遠くに行っているらしい。おっぱいを欲しがる子どもに与える姿は、まるで聖母のように美しいと思った。無償の愛を与える母の姿って、まさにこのことだ。

ふと、リンドバーグのあの一節を思い出した。エチオピアのお母さんたちは、生きるために精一杯。自分の空腹さえ満たされないのに、子どもに与えることを惜しまない。いつだって母は、子どもをその腕に抱いて、守っている。飢餓から、病気から、自然災害から、その命を守るように。

〝満たされる〟ことは、とても贅沢なこと。私たちは、食べ物があり、水があり、そして何より、自分の人生を選ぶことのできる豊かな国に暮らしている。ときにおしゃれもして、ときに何かを新たに学び、一人の女性としての自分らしい生き方を、模索する時間もある。アフリカのあの母の姿を見て、それがどれほど恵まれたことなのか、改めて思う。

いつか子を授かり、母になる日が来たら、自分の子どもにもアフリカの大地を見せたいと思う。そして、私が出会った、アフリカの〝与える母〟の姿も。それは、なんの装飾もてらいもなく、母の強さを教えてくれる。もしかして、そういった国への旅は、子どもには大冒険かもしれないけど、きっと、感受性の豊かな子どもたちには糧《かて》になるような気がしている。

I
世 界

2013年エチオピアにて。育ち盛りのわが子を抱く母（撮影：著者）。

子どもたちがどのように生きていくかが、
人類の文明全体を決定する。
子どもの権利がどのように守られるかが、
私たち自身の未来を決定する

元スウェーデン首相　イングバル・カールソン

2009年に、カンボジアのプノンペン市内にある王立裁判官検察官養成校を訪ねた。職員の方のお話では、カンボジアは深刻な法律家不足が問題になっていて、人材を育成する教育も教材も、不足している状況だった。

これは、1976年にはじまったポル・ポト政権による独裁政治にその理由がある。私は、市内にあるトゥール・スレン博物館を訪れた。内戦当時、収容所だったところだ。夥《おびただ》しい数の顔写真。あまりにも多くの命が奪われた。写真の中の瞳は、何を訴えていたのだろうか。

1976年首都陥落後、民主カンプチアが成立。クメール・ルージュが政権をとる。ポル・ポトは、共産主義を学び唱えた「原始共産制」を推し進めていく。これは、今の世の中からは、とうてい想像しがたい思想で。完全な鎖国の上に、人々は農耕しながら自給自足の生活を推奨される。実際に、人々は都市部から強制移住させられ、農耕作業に従事させられることになる。

共産主義による〝平等〟なんて、ほど遠く。人は狂気で人を支配し、生んだのは恐怖と憎悪。絶対的な食糧不足の中の重労働。さらに、その理想郷の建設に邪魔になるかもしれないと、クメール・ルージュによる知識階級の虐殺が始まった。医師、将校、僧侶、技術者、海外への留学生……。100万とも200万ともいわれる人々の命が無惨にも奪われて。メガネをかけているだけで、知識階級と見なされて殺されたというから驚愕《きょうがく》だ。知識階級の60パーセント以上が虐殺にあい、結果、カンボジアという国を支える人材がいなくなったのだ。14歳以下の人口割合が極端に増加したにも拘わらず、学校教育はほぼ破壊された。つまり、国を支えるべき後継者も育たず、カンボジアは人材の不毛の地となったのだ。

ぽっかり抜け落ちた、空白の世代を思うと胸が痛い。人材不足という形で、今なおカンボジアに影を落としているその過去。この凄惨《せいさん》な日々が、たった35年ほど前の出来事だということに、あらためて驚く。

人が国をつくる。当たり前のことなんだけれど。経験と英知は、後世へ受け継がれ、国民は、より良い未来へと国家という大きな船を運航していく。国民は、国家の財産。だからこそ、将来、国と世界を背負う子どもたちの教育は重要で。彼らの権利を、世界が、社会が、大人たちが守らなくちゃいけない。だから、そう、私たちの今日が、子どもたちの未来の土台となる。私たちには責任がある。

果たして、子どもたちのために、私たちは善良な大人でいられているだろうか。彼らのために、未来に何か遺《のこ》せているだろうか。

蓮《はす》は泥より出《いで》て泥に染まらず

中国のことわざ

ベトナムの農村部に取材に行ったとき、とあるお父さんに出会った。農村部では、道路の整備もままならず、人々の生活も思うように豊かにならない、そんな状況があった。

「数年前に完成した、日本の援助の道路整備のおかげで、米が高く売れるようになったんだ」

とうれしそうに話す。毎日毎日、お米をトラックに載せて市場へせっせと通うお父さんの姿を見て、ほんとうにまじめな人なんだなぁ、と思った。作業中に、にっこりと微笑《ほほえ》んでくれるそのお顔は、こちらまでつい和《なご》んでしまうほどおだやかで。

取材後に、お父さんの家で、お食事をごちそうになることに。白いごはんはもちろん、お父さんが丹誠《たんせい》込めてつくったお米。ほかほかで、噛むと口の中にほのかな甘みが広がった。そこで、お父さんに聞いてみた。

「前よりも経済的に楽になって、今、欲しいものはなんですか？」

すると、こんな答えが返ってきた。

「貯金します。子どもたちの教育のために」

それを聞いて、思わず叫んだ。

「お父さん、かっこいいー！」

って。

私は勝手に、作業に必要な新しいトラクターとか、運搬車輌とか、新しいテレビ、なんていう答えを予想していた。でもお父さんは、目先のものより、ずーっと先のことを見据《みす》えていた。

1986年12月にベトナム共産党が打ち出したスローガン、ドイモイ政策後、教育が普及してきたベトナムだけれど、それでもまだまだ地域間や民族間で格差がある。どんな環境にあっても、貧しくとも、もっといい生活をさせてあげたい。これから次代を担《にな》う子どもたちのために、ここで甘んじちゃいけない。よりよい教育を受けて、自分たちのような食べることで精一杯の生活から抜け出して、もっと高く羽ばたくんだよ――。そんなお父さんの、子どもたちを想う必死の願いが聞こえたような気がした。

取材の帰り道、日の落ちかけた美しい時間帯。蓮の池がきらきらしていた。

〝蓮は泥より出て、泥に染まらず〟

そんな中国のことわざがある。蓮は泥水に育っても、美しい色の花を咲かせる。その姿は、気高く、清く。毎日汗水流して働く、あの柔和《にゅうわ》なお父さんの顔が浮かんだ。〝そういえば、蓮はベトナムを象徴する花だったな〟なんてふと思いながら、私はどこか懐かしい、美しい夕暮れの田園風景を眺めていた。

青は神さまの色、白はミルクと平和の色なのよ

マサイ族のお母さん

タンザニアの大地のあちらこちらから、キリマンジャロが見える。きっと近くで見たらすごい迫力なんだろうなと思いながら、私は四駆の後部座席に揺られていた。タンザニアの玄関口、アルーシャから少し走ると、道の舗装状況は悪く、大きなこぶをタイヤが越えるたびに、私のお尻はピンポン球のように跳ねる。まるでロデオボーイになった気分で、ぐうらりぐうらり、揺れに身体を任せて。それも、この先に住むマサイの人々に会うため。私はわくわくしていた。

エンギカレット小学校では、たくさんの子どもたちが出迎えてくれた。今回は、国連WFPのACジャパンのCFを撮影するために、いつもの視察よりスタッフの数が多く、子どもたちの興奮も朝からなかなか冷めやらないといった雰囲気。けれど、撮

影だからと言って、段取りをするのはどうか控えてほしいと、私から提案させて頂いた。ふだんと変わらぬ学校給食プログラムの様子を記録して頂くこと、そして子どもたちの表情を映像に残すこと。たくさんの方々にお伝えするために、これは活動をするうえで、とても大切なこと。

マサイの子どもたちは、手足が細く、すっと長い。これが戦士と呼ばれる民族たるゆえんかぁ、なんて思ったりして。彼らの主な食糧は肉と、家畜のミルク。3年連続の干ばつのため、食糧不足も重なり、子どもたちの栄養状態は芳《かんば》しくない。

彼らは、私の黒く長い真っすぐな髪が珍しいらしく、そっと撫《な》でてくる子もいる。そのうち、慣れてくると後ろから引っぱったり、茶目っ気たっぷりないたずらを発揮。電子機器、特にカメラは現地の子どもたちに大人気で。撮ったものをその場で、液晶画面で見るのがみんな好きだ。自分の顔や、友人の顔を見つけて大爆笑。

ふと見上げると、マサイの伝統的な衣装に身を包んだ先生がそこに立っていた。足下は、砂埃《すなぼこり》まみれの茶の皮のサンダル。雪駄《せった》みたいな平べったい、骨張って大きな足だ。先生は、ツーショット写真を撮ってほしい、と携帯をポケットから（正確には民族衣装の布と布の間から）取り出した。こんなところにも文明の利器が。まあ、今やモンゴルの草原でも、電話線より携帯電話というからなぁ。じつは、アフリカの国々でも、この光景は珍しいことじゃない。

とあるマサイの家族が、家の中を見せてくれるというので、お宅訪問することに。家畜の糞と泥をこねてつくられた、丸い小屋のような家。中は、電気はなく昼間だというのに真っ暗で。案内してくれたお母さんは、10代のときに、お嫁にきたと話してくれた。すると、家の外でお父さんが、何やら大きな塊《かたまり》を手に威厳たっぷりに近づいてきた。骨付きのヤギの肉だ。客人をもてなすために、ヤギをシメてくれたのだ。家畜はマサイにとって、財産も同様だ。それを、たかだか半日一緒に過ごしただけの私のために――。

ぷうーんと香ばしい、炭の香り。

「いただきますっ!」と、私は骨のついたヤギ肉にかぶりついた。ガスも水道もない。草原で調理された肉片。少し胃が縮こまるのを感じたけど、ええい！　この際か

1
世界

ヤギをごちそうしてくれたマサイ族のご家族と。

まうものか。ヤギは私の故郷、沖縄でも馴染みのあるお肉だ。火が通ってなくて、たとえ生肉だったとしても死にはしない、せいぜいお腹を壊すだけだろう……なんて。けれど、意外や意外、木片で焼かれたマサイのヤギは、香ばしくって柔らかくて、おいしかった。するとお父さんが、

「あなたに特別に、飲んでもらいたいものがあります」

という。そう、ヤギの生き血。私は、やっぱり断る勇気がなかった。だって、財産をもらっちゃったんだよ？　そのおもてなしの心を断るわけには……。が、さすがにこの時ばかりは国連ＷＦＰの職員の方が止めに入り、ちょっとほっとした。ああ、ごめんなさい、と心の中で手を合わせる。〝後で、家族みんなで飲んでね〟って。

帰りに、私はまたまたしあわせな贈り物を頂くことになる。マサイのお母さんたちが集まって、私の肩に大きな青い布をかけてくれて。よく見ると、白いビーズで模様があしらわれている。

「青は神さまの色、白はミルクと平和の色なのよ」と教えてくれたけれど、私はもう、どうしていいかわからなくって。食糧不足に苦しむ毎日なのに。材料費も高かっただろうな、とか、手間がかかっただろうな、とか考えると、私は申し訳ない気持ち

になった。

笑い声とともに、お母さんの耳に揺れる、大きなビーズの耳飾り。彼女たちは、どんなときも誇りとおしゃれを忘れない。ブレスレットを何重にも重ねた手で、私の背中をさすってくれた。ふしくれ立ったその手は、タンザニアの空みたいに真っ青な布を通して、すごく温かくて。そのとき、誇り高き民族に受け入れられたような気がした。私は彼女たちにとって一期一会の客人。それなのに……。笑顔でくれたその心がうれしかった。

マサイ族にとってのミルクと平和の象徴、白色のビーズは、今、東京の私の部屋で、窓から入り込む夏の風に吹かれて、揺れている。

私がお願いすること。
飽くことなく与え続けてください。
しかし残り物を与えないでください。
痛みを感じるまでに、
自分が傷つくほどに、
与えつくしてください

マザー・テレサ

ウガンダの小さな村で、ある男の子に出会った。大人の足で3歩あるけば向こうの壁にぶつかるような小さな家に、お母さんと兄弟たちと暮らしていた。日本のNGOが運営する学校に通う彼を、取材していたのだ。最初は人見知りしていた彼も、だんだんとこちらに慣れてきて。カメラに近付いて笑顔をくれるようにさえなった。

そしてなにやら、家にばたばたっと走って戻っていった彼が、息せき切ってにこにこ顔で、こちらへまた駆け寄ってきた。

「ぼくねえ、宝物もってるんだよ!」

と、見せてくれたのは小さくなった鉛筆と、ぼろぼろに破れたノート。すると、それを差し出して、

「宝物だけど、おねえちゃんならさわってもいいよ! ほんとは、兄弟にもさわらせないんだから」

と言った。彼の宝物は、おもちゃじゃなくて、ぼろぼろの筆記具。ノートには拙い字でアルファベットの練習書きがしてあった。

彼の、精一杯の親切に、私は愛おしい気持ちで、胸が詰まりそうになった。私は、こんなふうに純粋に、自分の大切なものをだれかと分け合えるだろうか。

マザー・テレサの言う、〝与える〟とは、どういうことだろうって考える。私には、彼女のような信仰はないけれど、なぜか、この言葉が胸に響いて。これまでの人生、一期一会の旅先でさえ、私はたくさんのものをもらってきた。それはときに、祈りだったり、一生懸命つくってくれた民族衣装だったり、ヤギだったり。どうして、みんな、私にいろんなものをくれるのだろう。物があまっていたり、あげるほど裕福

というわけではないはずなのに。これから私はどうやったら、お返しができるのだろう。

いつか、私が母になる日が来たとして、私のもとにやってくる命に、あのアフリカの男の子のことを話してあげたい。小さな身体で、大切なものを分け合うことを教えてくれたあの子のこと。

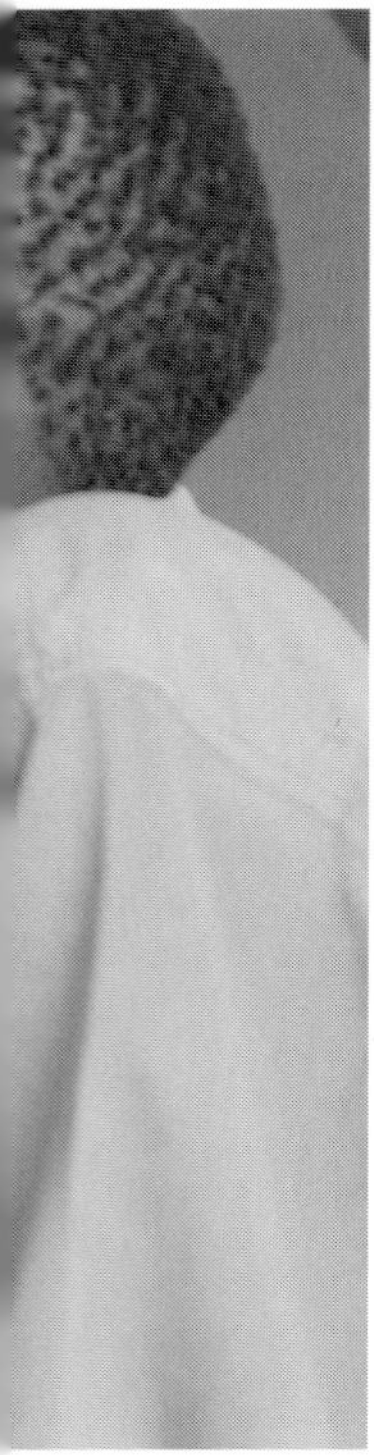

I
世界

ウガンダの子どもたち(撮影:著者)。

ザンビアで出会ったおばあちゃんと畑仕事。

エチオピアにて。国連WFP学校給食プログラム。お母さんたちを手伝って配膳。

タンザニアにて。国連WFPは給食を入れる容器として、赤いカップを使用しています。

（上）エチオピアの母子栄養支援の現場にて。
（下）ウガンダで出会った陽気な男の子！（撮影：共に著者）

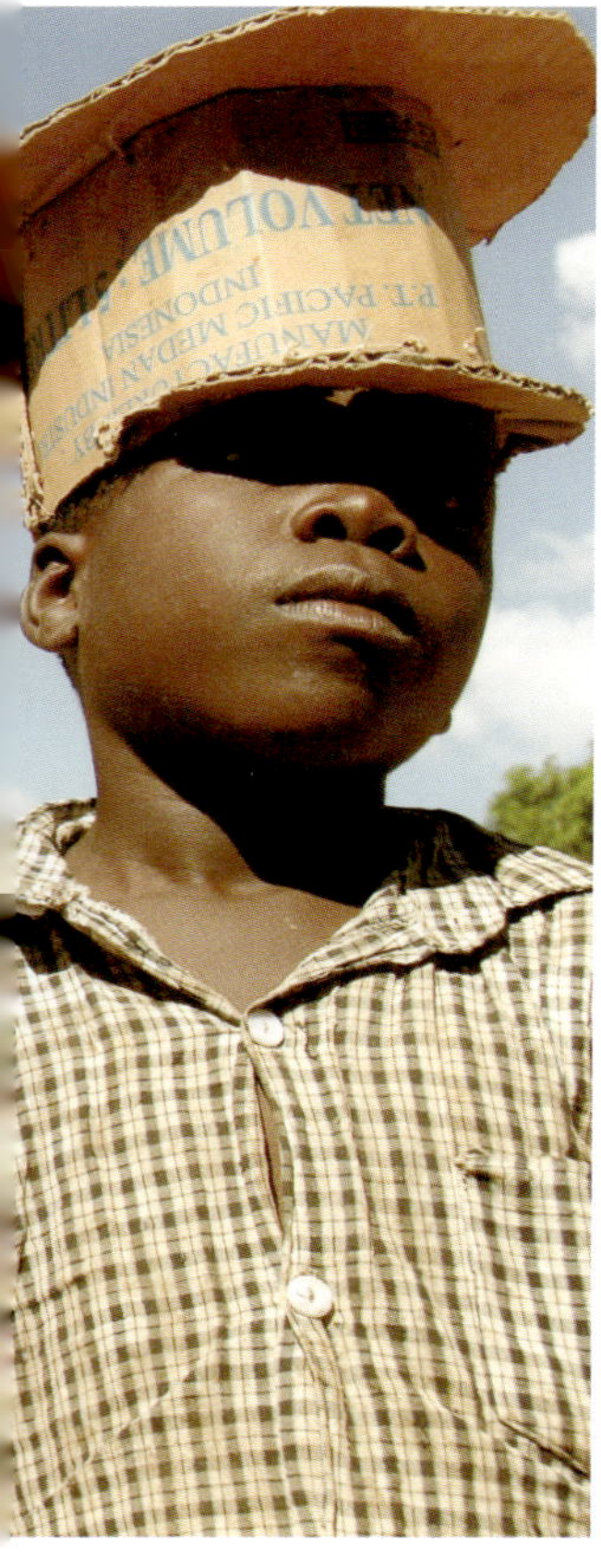

2013年冬、国連WFP日本大使に就任。

ザンビアの小学校で。

ザンビアの子どもたち。クールな帽子は偶然にも国連WFPが支援に使った段ボール。かっこいい!!(撮影:著者)

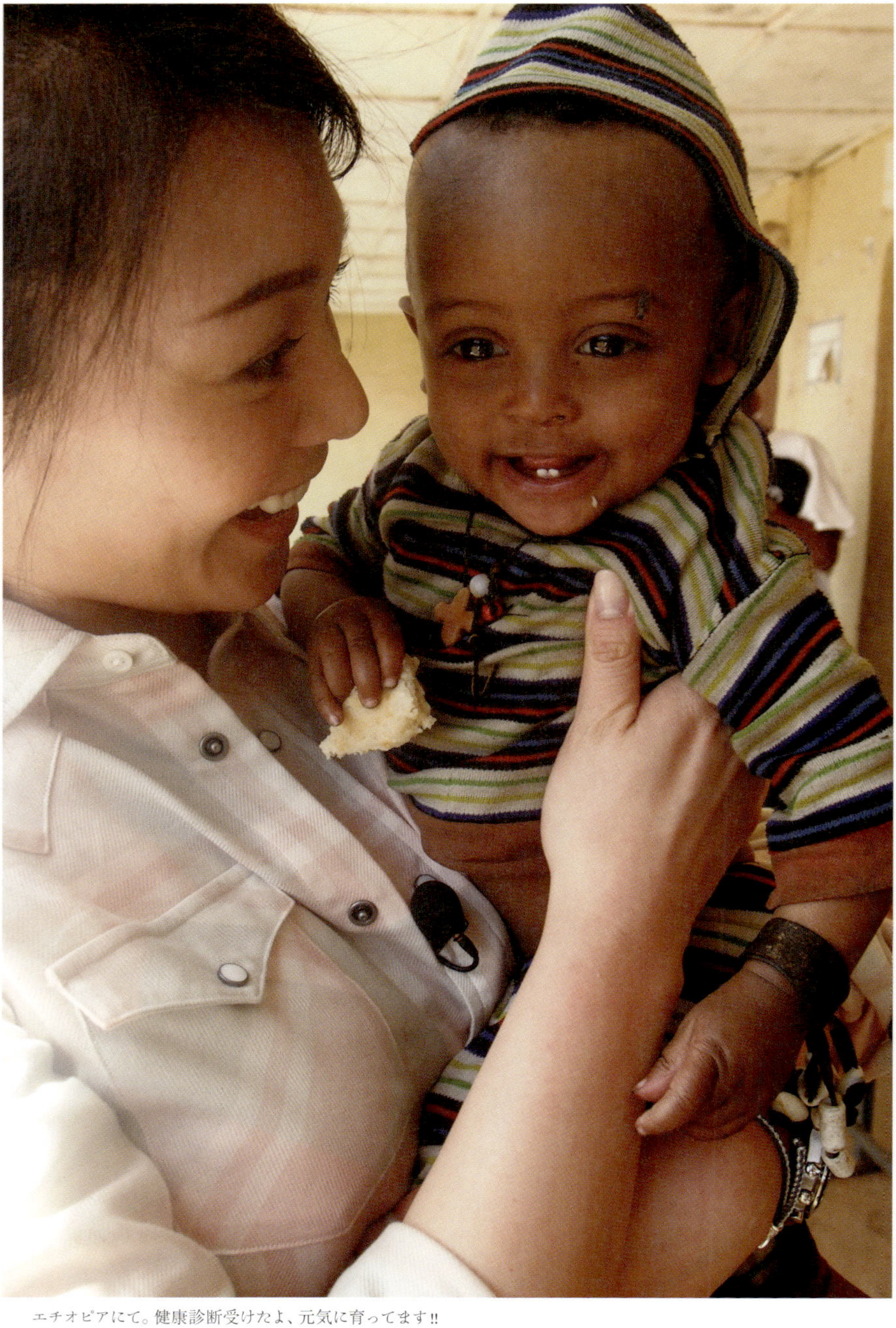

エチオピアにて。健康診断受けたよ、元気に育ってます!!

2

家族

la famille

わが日本 古《いにしえ》より今に至るまで哲学なし

中江《なかえ》兆民《ちょうみん》『一年有半・続一年有半』より

米軍のオスプレイが、沖縄上空をはじめて飛んだ日、私は東京でそのニュースを見ていた。夏休みに捕ったカブトムシのように、現実離れした出で立ちをした機体は、すごく不安定に見えて。

〝酒の席で3人以上うちなーんちゅ（沖縄人）が集まれば、政治の話になる〟という、あるある話、私の実家も例外ではない。

あれは、オスプレイについて議論が高まりはじめたころ。私は上京していた両親と食事をする機会があった。家族の食事の席で、基地のことや沖縄の政治・経済のこれからを、熱っぽく語り合うのは日常だ。

「総決起大会って意味あるの？　もう、これはきっとだれにも止められないし、実際のところ、日米関係や、沖縄の置かれてる状況を考慮してみれば、変わんないよ」

と、ほぼあきらめムードの私。すると母は、

「違うのよ」

と語気が強い。

「何が？」

「もし、この先何かあったときに、『ほうらね、やっぱり言った通りでしょ』って、言えるでしょう」

それを聞いて、私はなんだか胸が詰まった。

何も変わらないということを受け入れることからはじまる闘いがある。たとえ、小さなボリュームでしか認識されずとも、声を上げ続けることに意味がある。

沖縄は、琉球王国の時代から、武器を持たずして自分たちの国を築いてきた。そして、今日を生きる県民は、声を上げて意思を示すことで、自分たちの権利と日々を守ろうとしている。これは、最大の防御なのだ。声を上げることを止めるということは、ボクシングの試合中にガードをだらりとおろすようなもの。階級違いの大きな大きな相手に向かって、かなわないかもしれないけれど、ファイティングポーズをとり

続ける。それが、私の故郷なのだ。絶対に強者になれない自分の故郷が、そして真っすぐな人々が愛しい。矛盾もある。複雑な状況に置かれていることもわかっていながら。自分たちの声が届かない不自由さを味わうほどに、膨らむ理想がある。

絶望する時間はない。自分たちが生き残る方法をなんとか模索しなくちゃ。だから私たちは、こうあってほしい、と国や沖縄の将来を、希望をもって描く。そうして、声を上げ続けているのだ。

明治の思想家・中江兆民（1847〜1901年）によれば、つまり、「哲学」とは、理想を議論することだそうだ。

もしかするとうちなーんちゅは、沖縄という土地に生まれ育ったことで、自《おの》ずと、哲学することが身近なのかもしれない。

夢を描き、理想を語る——哲学することで、もしかしたらいつか、何かが変わるかもしれない、と私は楽観的に思うことがある。

何でもいいから、言葉にして口に出す。そうすることできっと、大きな渦が少しずつ、うねりはじめるんじゃないかって。だって、思考停止したら、そこまで。終了のゴングが鳴る。もしかしたら、試合さえはじまっていなくて、最初から負けているのかもしれない。そんなの悔しい。

だから哲学する日、とかなんとか制定して、その日はビアガーデンでも、バーでもレストランでも、学校でも、公民館でも、みんな思い思いの〝〜であってほしい〟を語る日にしたらどうだろう？　優等生的にまとめる必要なんかなくて。議論は楽しければ楽しいほどいいんじゃないかしら？

好きなように未来を想像して、描くことができる自由は、豊かさのしるし。

みんなで未来地図を描くのは、なんだか楽しそうだもの。

なんとかなるもんだよ。大切なことさえわかっていれば

島の海人《うみんちゅ》

私は、福島の復興支援の一環として、ふるさと沖縄の離島・慶留間島《げるまじま》で、〝げるまキャンプ〟というプロジェクトを実施している。毎年一度、福島の子どもたちを1週間、島に招待して、みんなでとことん遊ぼう！　という企画。

その慶留間島から船で10分くらいのところに、ムカラクという無人島がある。白い砂浜と、オーラソーマのグラデーションのような青い海。夢みたいな景色。そこに遊びに行ったときのこと。お弁当を食べながら、慶留間島の人に潮の流れを説明してもらった。潮にさからって泳ぐよりも、浜にあがって歩いたほうがいいよ、とか。午後になったら、だんだん満ちてくることとか。

「昔は、歩いてここまで来たよ、魚を捕って帰りよったさ〜」

2
家族

私はびっくりして、

「そんなに潮がひくわけ？」

「そうそう、だから帰りも潮が満ちないうちに、帰らんといけなくてね」

私はもっとびっくりして、

「危険！　帰れなくなったらどうするの⁉」

そしたら、

「なんとかなるもんだよ。大切なことさえわかっていれば、だいじょうぶさ〜」

海と暮らす、海人の知恵なんだなぁと思った。そういえば、島の人は〝てんぱらない〟。焦っているところを見たことがない気がする。

げるまキャンプを開催するにあたって、毎回、1週間の予定を立てる事前の打ち合わせをするんだけど、たいていのことは、どうにかなるさ〜って、ゆるーい返事が返ってくる。私たちがこうじゃなくちゃだめだ！　なんて決めつけているだけで。それがだめなら、別の方法だってあるわけだし。確かに、どうにかなるものなんだよね。

ただ、島の人たちがどうしてもだめだと言うときがある。それは、風と海の状態がマズいとき。海遊びの計画を立てるときは、みんな干満《かんまん》カレンダーを手に真剣。この日の朝は、風の向きが南だから、あの浜は海がきれいじゃない、とか。この日は小潮《こしお》だから、無人島への船も出せるかもしれない、とか。おお、海人はプロフェッショナルでかっこいい、なんて思う。

大切なことは、自然のルールをわかっていること。それさえ守れば、あとはどうにでもなるよ〜って言う島の人の言葉は、なんだか、て〜げ〜（沖縄の方言で「てきとう」という意味）でもあり、誠実で謙虚でもあり。

東京という都会に暮らすときのルールは、いったん横に置いといて、島のルールに身を委《ゆだ》ねることで、自分のねじがきゅるきゅると緩んでいくのがわかる。なんとかなるさ。だって、空はこんなに広いんだもの。海は、こんなに青いんだもの。

2
家 族

慶留間島から船で10分の無人島へ遠足に。

自分のためではなく、だれかのために祈るのです

ブータンのチベット仏教高僧

ブータンでの取材は、私にとって、なんだかブックマークのように、今でもふと、記憶を取り出しては思い出す。いろんな場所へ取材やロケで行くけれど、ブータンはちょっと特別。

マニ車と呼ばれる、くるくる回る灯籠《とうろう》のような形をしたものを、時計回りに一回回すと、一度お経《きょう》を読んだことになる。だから、それをたくさん回すと、そのぶん徳を積むことになるという。マニ車を回しながら、お寺の周りを歩き続けるあるお母さんに話を聞いた。

「亡くなっちゃった人とかね、家族のこととかね、しあわせでありますようにって、

2
家族

お祈りしてるのよ」

って。あれ、自分のことをお願いするんじゃないの？　私はかなり驚いた。

最終日に徳の高いお坊さんにお話を聞く機会があった。

正直なところ、ちょっと緊張してた私。だって、チベット仏教のこと、ほとんど知識がないし、えらいお坊さんに失礼があったらどうしようって、「不勉強にもほどがある！」なんて怒られるかもしれないし……。でも、いま聞かずにいつ聞くのだ。旅の恥はかき捨て、ええい。

「自分以外のだれかのために祈る。みなさんにお話を聞くと、同じような答えが返ってきました。それがブータンらしさなのかなと、感じました」

すると、そのお坊さんは、

「そうお感じになられましたか。そうですか、それはとてもうれしいことです。自分のためではなく、生きとし生けるもの。そして、他のだれかのために祈るのです」

そうお答えになった高僧のお顔は、とても柔らかだった。そして、それを聞いて私は、不思議と安らぎ、おだやかな気持ちになって。ふと沖縄の祖母のことを思い出していた。

沖縄では、ご先祖様を大事にする文化がある。祖母は毎日、家族のしあわせを祈りながら、丁寧に手を合わせていた。ああ、なんだか似ている。

「みんながうまくいくように、うーとーとー（手を合わせてお祈りすること）しなさい」と、祖母から教えられてきた。願う人の心は沖縄も、ブータンも、国境を越えて同じ。祈りは、優しさのカタチ。

私はだれかに想われていて、私はだれかのことを想っている――。

そんなふうに考えると、この世界に生きるのは悪くない。すごく温かいなぁって思えてきて。

2
家族

村のあちこちにあるマニ車。ここに来て毎日祈りを捧げるお母さんたちに取材中。

もしもあなたが有名になったり、お金持ちになったりしたら、その影響力で他の人々に何か貢献できることを覚えておいてね

母　知花ゆかり

あれは、私が中学生くらいだったと思う。ある昼下がり、母とテレビのワイドショーを観ていた。画面では著名人の装い特集が組まれ、和服を着た女性、豪華な帯、そして象牙の帯留めがクローズアップされて。

そのとき、母が独り言のようにつぶやいた。

「もしも、くららがお金持ちになったり、有名になったりしたら、その影響力で他の人たちに何かできることを覚えておいてね」

と。私はとっさに、画面に映っていた目に余る贅沢を、批判しているのだと思った。

私の両親は、二人とも金融機関に勤め、私と八つ下の弟を育て、小さいけれど家を買い、子どもたちの教育は、少々無理をしながらも、立派に施《ほどこ》してくれた。ごく一般的な家庭だ。〝子どもには、きちんと教育を受けさせて、将来はもっと豊かな生活を送らせたい〟、と言うならわかる。でも母は何と言うか……もっと厳しかった。

「自分が満たされるだけじゃ、ねえ。キリがないし、虚しくなるだけでしょう」

って。母はいつも、人生には、もっと大きな志のあることを、教えてくれていたのかもしれない。

2013年に、7年間のWFPオフィシャルサポーターとしての活動が認められ、国連WFP日本大使に就任したとき、何より母がすごく喜んでくれた。

いま思えば、私はここまで、母の言霊に導かれていたのかもしれない。

いつだって人生の選択のときに、蝶のようにふうわり飛んできて、こっちだよって。

空は青いだけじゃない。ピンクだってオレンジだってあるでしょう

母　知花ゆかり

小学6年生の夏休み。例年のごとく、私は8月31日に、大あわてで宿題を片付けていた。そう、私はずぼらな性格で。絵画の宿題は一番時間がかかるやっかいなもので、とりあえず目の前にあったワープロを適当に模写することにした。哀しいかな、私はほんとうにずぼらなのだ。とにかく、仕上げさえすれば提出できる、そんな思いで、鉛筆でさっさと模写し、黒と白の水彩絵の具をまぜ、グレーでぴしゃーっと塗った。そのとき、母が私の部屋のドアを開けた。

「あなた、これがグレーにしか見えないの？」

グレーに塗ったばかりの画用紙は、水分でてらてらしている。母の言葉に「？」の私。

2
家族

「あなたの目には、このワープロがグレーにしか見えないの？　退屈な人間ね」

私の顔を真っすぐ見つめる母の目には、あきらめと苛立《いらだ》ちが。

「空は、青と決まったわけじゃないでしょ、ピンクだってオレンジだってあるでしょう？」

私は雷にうたれたようだった。ただずぼらをしかられるよりも、なんとも手厳しいこの叱咤《しった》。私も、ずいぶんと根性が太いらしい。しょんぼりするよりも、まるで水を得た魚。そうか！　それでいいのか！　と、ぽんと膝を打ち、よっしゃー！　と。まだ乾かぬグレーの上に、ぴしゃーっとショッキングピンクを重ね塗り。今様に言えば、私はきっと、満面の〝どや顔〟だったろう。

「退屈な人間ね」と、つぶやくように娘に言い放つ母。まるで、大人に向かってものを言うような。そんな母の距離感が嫌いじゃない。そして、母は正しかった。ワープロが、ピンクでも、青でも、それは表現する者の自由なのだ。そこには常識やルールなんて関係ない。だれの目を憚《はばか》ることもなく、塗りたいように塗る。やりたいことは貫く。心が自由であることの大切さを教えてくれたのは私の母、ゆかり。

母は、根っからのアーティストなのだ。

元素は、不安定だから化学結合をするんです。人間も同じです

大学時代の恩師

ある日、母から「もう長くはないから、会いに行ってあげて」と、電話があった。親戚のおばが、末期がんでホスピスに入院しているというのだ。

20年ほど、家族のだれも彼女の行方を知らなかった。独り身で、内地（沖縄県以外）のとある温泉旅館で働いていたそうで。突然帰ってきたと思ったら、もう病魔が彼女の身体を蝕んでいた。

ホスピスのベッドに横たわっていたおばは、ほんとうに小さかった。彼女の名前はとしこ。だから私は幼いころから〝とっこ〟と呼んで、よく遊んでもらっていた。おしりが大きくてふくよかで、大きな声で笑うとっこ。アルバイトで白髪抜きをやった

2
家族

こともある。きれいな赤いスカートを譲ってもらったことも。

それなのに、目の前にいるとっこは、頬もこけて、腕も折れそうに細くて。快活な笑い声も今はなく、話す声はしゃがれて、虫の声くらいの大きさしかない。

「くららが表紙の『Domani』、いつも2冊買ってるよ。1冊は、職場の女子たちのために。もう1冊は私の」

遠いところから、応援してくれていたんだなって、そのときはじめて知った。握った彼女の手は骨張っていて、しわしわで。私は、何て言葉をかけていいかわからなくて、抱きしめるしかできなくて。すると、とっこが耳元で、

「ありがとう」

って言った。

こんな姿になった自分なのに、触れてくれてありがとうって。

遠い場所で彼女がどんな人生を送っていたか、今となってはわからないけれど、きっとすごく寂しかったんだなぁ、って思った。強がりだったとっこ。だれにでも明るかったとっこ。私の知らない20年の間に、寂しいときに抱いてくれる人は、傍《そば》にいてくれたんだろうか。化学結合できる相手には巡り合えたんだろうか。

人は一人ぼっち、なのかもしれない。とっこも、そしていつか私も、最期は、一人で旅立つ。目を閉じるとほんとうに一人ぼっちになっちゃう。でも、だからこそ、人生での出会いや化学結合があるんじゃないかと思う。

そして、だれかと生きた時間の記憶は、一人で旅立つときのお守りになる。最期に、とっこの身体を抱いてあげることができてよかったと思った。

とっこが亡くなって3年ほど経ったころだっただろうか。私は気ままな旅に出かけた。富山県のとある温泉旅館に一泊したときのこと。

お部屋についていてくださった仲居さんが、

「知花さんですか」

と少し聞きづらそうにしている。

「そうです」

「こんなふうにお客様に伺うこと、ふだんはめったにありませんけど……。でもあまりに偶然で……。じつは私、前職で知花さんのおばさまと働いておりました」

あまりに驚きすぎて、言葉が見つからなかった。間違いない、とっこのことだ。

「ここから少し行ったところにある旅館でして。いつも、知花さんのことを嬉しそうに話されていましたよ。毎月、雑誌をみんなに見せてくれました。明るくて、大変まじめな方でした」

ふらりと立ち寄った北陸。でも私はきっと、とっこに呼ばれたんだ、とそのとき思った。彼女は伝えたかったんだと思う。

「私はここでちゃんと人生を生きていたよ、ここで、生きて、大切な人たちにも囲まれてたんだよ」

って。そのとき、とっこの、あの快活な笑い声が聞こえたような気がした。

空の上で、ゆっくり休んでね、とっこ。

私たちは自分のすることに責任があるの、自由なのよ

ジャン・リュック・ゴダール『女と男のいる舗道』より

大学時代はフランス映画にどっぷりはまって。〝1週間に10本借りればお得！〟みたいな、レンタルビデオ店のキャンペーンを利用し、月に何十本も観ていた。だれもが一度は通る、ヌーベル・バーグの洗礼もそのころ受けた。ゴダールの後期の作品は、ときに睡魔と戦いながら（だって難しいんだもの）。フランス語の響きに恋をしたのもこのころ。

『女と男のいる舗道』のアンナ・カリーナのクローズアップのシーンで、彼女が、

「私たちは自分のすることに責任があるの、自由なのよ」

とつぶやいたとき、ああ、アンニュイってこのことなのね、と自立したフランス人

2
家族

女性に痺《しび》れたもの。とても個人主義的で、ちょっとどこか寂しくて。でも、その意味がわかるような気もした。

私の母は、23歳で私を産んだ。

「若かったさ〜」

って、笑って言う。確かあれは、私が大学に入学したばかりのころ、夏に帰省して母とカフェでお茶したとき。

「自分の足で立てるようになるまでは、男はみんな足枷《あしかせ》だから」

って、これまた笑いとばしている。活字にすると、ぎょっとするほど手厳しい。母は、いつも歯に衣着せぬものいいをする。まあ、たいていそれが図星だから、腹を立てることさえできないんだけど。そのとき私は恋をしていた。幼い恋だった。

母はこう続けた。

「自分が自立してなくちゃ、あとで後悔するよ。相手のせいにしちゃだめだしね」

どきっとした。見透かされているような気がして。

そのとき、なんとなく寂しそうな母の表情が気になった。内地の美術大学に通いたいという夢をあきらめて、沖縄で就職し、若くして結婚・出産。子どもにはわからなパリ・コンコルド広場にて。

い苦労や悔しさもあったんだろうか。娘には、そんな気苦労させたくないと、思っていたのかもしれない。そして、

「自立してれば、好きな相手と一緒にもなれるのよ」

とも言った。

もうすぐ33歳。仕事して、恋をして、旅をして。これから、どんな出会いがあって、どんな相手を伴侶に選ぶかわからないけれど、何よりも、女性が自分の足で立って、自分らしくいることの大切さは、母が教えてくれた。

だれでもない自分自身に、これまでの、そしてこれからの人生の責任がある。

寄せては返す波のように、ぴったりな相手が見つかるわ

母　知花ゆかり

失恋した。一度は将来も考えたお相手だったけど。うまくいかないときは、とことんうまくいかないことってある。まるで、ハードル走。一つ乗り越えたら、またすぐ次のハードル。ハードルはだんだん、なんだか大きくなっていくように感じられて。ぜえぜえ、はあはあ、息も絶え絶え。途中から何がつらいのかもよくわからなくなっちゃって。友達に、それって昼メロみたいだね、なんて言われて気づく。〝ああ、なんだか無理しちゃってんのかな〟って。

事後報告すべく、母に電話した。心配するだろうなって思った。だって、まあ、妙齢（?）の娘が決めきれずにいるわけだから。すると、

「まっ、だいじょうぶさ〜」

って。案外、軽っ！

続けて母は言う。

「寄せては返す波みたいに、ぴったりな相手が見つかるよ。そのうち」

「寄せては返す波……」

最初はだれだって、この相手がそうだ！　って思うわけで。でも、〝あれ、なんか違うかも？〟って後から気づく。

母の言う、そんな人が現れたら、ひと目でわかるものなんだろうか。直感で〝ああ、この人なんだな〟って？　じゃあ、今までの私の直感って、何!?　……選ぶ目が間違っていたんだろうか……。行く末、不安。恋愛ってムズカシイ。

そういえば、前に女性誌の編集さんたち、そしてヘアメイクさんやスタイリストさんたちと一緒に、那覇にある占いのおじさんのところに行ったことがある。一見、何の変哲もないカフェなんだけど、手相を見てくれる、有名なところらしい。私ははじめて聞く名前だった。何を隠そう、占いはほぼ信じてなかったし、経験したこともなかった。

私の番になって、開口一番におじさんはこう言った。

「あなたは、どうして相手のすべてを自分一人で背負い込もうとするのよっ」

えっ？　見ず知らずの人に、そんな。でも、なんだかぐうの音も出ない。そうかな？　そうだっけ。うう。

「そんなの絶対だめです、しあわせになれないもの」

「……はあ……」

言われてみれば、そりゃあそうだわ。一人で抱え込んでしあわせになれるわけない。きっと、恋愛指南書なるものがあって、私が作者でも、そう書くもの。手相はともかく、私は妙に納得した。

そんな出来事をふと思い出して、おかしくなって、それを電話の向こうにいる母に話した。そしたら、

「ふふふ、そこ、お母さんも30年前に行ったことあるよ。まだやってるんだねえ、あのおじさん！」

えーっ!?　すごい偶然。というか、意外。だって、自分がこうと決めたら信念を曲げない母は、占いとか興味なさそうなのに。でも、そんな時期もあったのね。町のおじさんの手相占いにも頼りたくなるほど、恋に悩んでいたときが。一生懸命、恋のハ

ードル走を走っていたのかもね。自分の決断を、後押ししてほしくて。これでいいんだよ、って自分に言い聞かせながら。でも、そのとき寄せては返す波みたいな、出会いはきっとまだ先で。

……それにしても、母娘《おやこ》だなぁ。まさか、よりによって同じおじさんに人生相談してるとは！

生き残ってしまって、悪かった

祖父　中村　茂

「こうしてね、紐《ひも》がわりにして姉の首を締めたんだよ」

ヤシの葉を握りしめて、当時の様子を再現して説明してくれる祖父。意外にもおだやかなその声は、いつもの祖父だった。取材カメラが回っていた。祖父の一言一句を記録するために。

私は、レポーターをつとめていたニュース番組で、沖縄戦の取材をすることになった。取材対象者は、祖父。最初、ディレクターさんから打診があったとき、私は〝実現しないだろうな〟と思っていた。祖父は、沖縄戦のこととなると口が鉛のように重く、私たちに話して聞かせてくれたことは、今まで一度もなかったから。

だめもとで、祖父に電話した。というか、電話に出た祖母に相談して、その返事を聞いてもらった。保留音はすぐ切れて、祖母が電話口に戻ってきて、意外な答えが返

2

家族

ってきた。

「じいちゃん、やってもいいってよ」

私は思わず聞き返した。

「なんで?」

「それがくららのためだったら、やるって言ってるさ〜」

それから実現した、祖父の生まれ育った慶良間《けらま》諸島の慶留間島での取材。訪れるのも、そこで60年前に何が起こったかを聞くのも、はじめてだった。

1945年3月末、小さな島に米軍が上陸した。祖父は当時15歳。村人はいっせいに森の中へ逃げた。「米軍の捕虜になったら、女、子どもは乱暴され辱《はずかし》めを受ける。捕まる前に死んだほうがましだ」とみんな信じていた。これが、軍国教育だったのだ。狂気が生まれて、死ぬことが楽になるいちばんの方法だと思うようになって。逃げ惑っているうちに、だんだん皆とはぐれていく。ふと見れば、大きな木に親戚の一家が首を吊っていた。みんな死んでいる、早く自分たちも死なないと危ない——そんなふうに思ったらしい。だから、ヤシの葉を紐がわりに祖父は、姉の首に手をかけた。けれど、うまく締め上げることができずに、姉弟は結局、生き残った。

七五三祝い。祖父母と母と。

暑い日だった。取材カメラも一緒に汗だくで森の中を歩きながら、そして祖父は、ふとこうつぶやいた。

「生き残って悪かったなぁ、って」

言葉の最後は、嗚咽《おえつ》で濡れていた。私は、そんな祖父の言葉が意外だった。ここまで生きてきて、家族もいるのに、まだそんなふうに思ってるの――。

「じいちゃんが生き残ってくれたから、今、私はここにいるんだよ」

伝えなくちゃいけないって、思った。

祖父は戦争が終わって70年経っても、罪悪感を抱えたままだ。いつもの笑顔の裏で、私たちに見えないように。たくさんの方が犠牲になった。失わなくてもいい命だった。生き残った祖父は、受け継いでいく役目だったんだと思う。祖父から母へ、母から私へ、命のリレー。私は、奇跡的に受け継がれた命。たすきを受け取って、今、ここにいる。そして、やがて私のところにやってくるであろう、小さな命にこう伝えようって思う。「たくさんの人から、あなたの命をもらったんだよ」って。

実るほど、頭《こうべ》を垂れる稲穂かな

日本のことわざ

普通の大学生だった私。けれど、ミス・ユニバース世界大会から帰国して、毎日は、普通じゃなくなった。連日、取材やロケ・収録などをこなし、そして1ヵ月経ったころ、沖縄に帰った。大会後はじめての帰省だ。たくさんの方々が待っていてくれて、応援と励ましを頂いた。

けれど正直なところ、私の家族にとっては精神的に辛かったこともあったと思う。いろんな人に声をかけられちゃうし、直接、実家へ電話や取材もあったみたいで。急激な変化は、ときに心を不安にさせるもの。私自身も、嵐に巻き込まれたようで、現実感がなくて。毎日をこなすのに精一杯でへろへろ。いま思えば、気力と勢いで乗り切っていたんだと思う。

そんな中、父・茂は、帰ってきた私を誇らしげにいつもの笑顔で出迎えてくれた。

2
家族

いつも通りの父だった。冗談ばっかり言って、親父ギャグも一発芸もこっちがだんだん疲れてきちゃうくらいスベりまくりの陽気な父。内心、ほっとした。変わらないでいてくれる存在もあるんだって。

そういえば、あれは大学受験のとき。東京の私大をいくつも受験する日々。とある私立大学の試験日は、ちょうど第1志望の上智大学の1次試験の合格発表の日でもあった。試験で見に行けない私のかわりに、父が確認してきてくれることになっていた。試験を終え校門を出て、大通りにかかる歩道橋を渡ったとき、向こう側の階段の脇に父が立っていた。私は、気が気じゃない。合格してたんだろうか……それとも、だめだったんだろうか……？

おそるおそる階段を下りてくる娘を見上げて、父は、どや顔で親指を立てた。受験生の命をかけた合格発表も、父にかかれば、いつもの「茂イズム」だ。私は、おかしさと安堵とで、ひざから崩れおちた。

私が東の間の帰省を終え東京へ発つとき、父から何やら茶封筒を手渡された。一人になって開けてみると、手紙だった。パソコンで、律儀に出力されたA4の紙が、一枚。最後に、こう締めくくってあって。

「くららさん、〝実るほど、頭を垂れる……〟です。健康には気をつけて、仕事がんばってください——茂」

——娘の環境の変化に、両親も戸惑っていたのかもしれない。だって、家族も予想していなかったはず。普通の沖縄の女の子が、こんなふうに世間を賑わせることになるなんて。

だから、周囲や環境は変わっても、堅実に、着実に人生を歩むようにと、精一杯のエールだったんだと思う。

ふだんはおどけてばかりだけど、その言葉から、父の生きてきた六十年がうかがえるような気がした。仕事にまじめで、こつこつと、人に誠実に。当たり前のことだけど、忘れがちなことなのかもしれない。

今も、父の手紙の最後のあの一文を、ふと思い出す。いつも、言葉は少なくても、家族で応援してくれて、どうもありがとう。

まだ経験したことがないことは
こわいと思うものだ。
でも考えてごらん。
世界は変化しつづけているんだ。
変化しないものはひとつもないんだよ。
——死ぬというのも
変わることの一つなのだよ

レオ・バスカーリア『葉っぱのフレディ』より

人は死んだらどこへ行くのか——。
この問いに答えようと、たくさんの宗教や思想がこの世に生まれたわけだけれど。
私の故郷は沖縄。沖縄には、先祖崇拝の文化がある。

先日、実家に戻って久しぶりにお墓参りをした。沖縄の4月のお墓参りは独特で、〝清明祭《しーみーさい》〟と呼ばれている。亀甲墓《かめこうばか》という大きなお墓は、沖縄独特のもの。掃除したあと、その真ん前でごちそうやらお酒やらを広げる。そして、家族みんなで線香を立て、手を合わせ、〝うーとーとー〟をする。〝うーとーとー〟とは、手を合わせてご先祖さまにお祈りすることだ。そして、儀式がすべて執り行われたら、宴会がはじまって。あの世に住むおじいやおばあが帰ってきて、みんなで一緒に楽しく飲み食いしている、そんな感覚だ。

幼いころから、お仏壇の奥にいるご先祖さまは特別な存在なのだと教わってきた。祖母は決まってこう言う。

「こっちに座って、うーとーとーしなさい」

沖縄では、そんな教え通りに、小さい子も大人にならって〝うーとーとー〟をする。幼心に意味がわからずとも、行儀よくしてなくちゃいけないと、ぴしっと正座をしたものだ。祖母は私にいつもこう言った。

「健康で無事に過ごせています、ありがとうございます、ってご挨拶《あいさつ》しなさい」と。ご先祖さまといつだって一緒に生きている感覚なのだ。

お正月にせよ、お盆にせよ、清明祭にせよ、毎年帰ってくるご先祖さまを温かく迎え入れるのは私たちの務めで。空の上から私たちを見守ってくれている大きな存在があってこそ、私たちはこちら側でがんばれるのかもしれない。目を細めて、時にははらはらしながら、下界に生きる家族のことを見つめているご先祖さまを想像すると、思わずくすっとしちゃう。あの世もこの世も跨《また》ぐ、てんやわんやの大家族。一人で死んじゃうのは怖いけど、なんだかこれなら、死んだあと私もきっと寂しくないなぁ、とふと思ったりする。

とは言っても、嫁いだら違うお仏壇だわ、なんてはっとする32歳女子。祖母の心配そうな顔が目に浮かびます……。

3

哲学

la philosophie

個性とは受容の結果である

教育哲学者　増渕幸男

大学4年のとき、私はミス・ユニバース日本大会に応募した。ほんとにひょんなきっかけで。とあるサイトをのぞいていたとき、ミス・ユニバースに応募するリンクを見つけたのだ。出版社に内定が決まっていた私は、その企業の社長の言葉を思い出していた。「学生のうちに、将来の糧となる経験をしておきなさい。社会人になると時間がないから」。その言葉に背中を押されて、私は、すぐさま応募用紙をダウンロードして、就職活動でさんざん鍛えられた、自己PR用紙を埋める技術をもって、小さな字で長文を書き込んだ。いま思えば、すごくおかしい。だって、応募先はミスコンなのに。まともに写っている写真がなかったから、友人が沖縄で撮ってくれた横顔の写真を貼り付けた。これもひどい。あの写真でよく書類審査に通ったなぁと、いま思えば笑ってしまう。ただそのときは、チャリティ活動にも携《たずさ》われて、見たことのな

3
哲学

い世界を見られる、そんな好奇心にかられていた。将来は、編集者としてその経験を活かせればいいというぐらいに、軽く考えていた。

でも、私は完全に場違いな応募者だった。当時の私は、美容室はほとんど行ったことがなかったし、眉を整えることもせず、メイクはマスカラくらい。すりきれそうになった一本のデニムを毎日はいて、Tシャツにサンダル。バイト代は、大好きなフラメンコと、本を読むために居座るカフェ代につぎ込んだ。だから、まわりのみんなが夢中になっている、流行のメイクやバッグには、まったく疎《うと》かった。そんな私が、いきなりミス・ユニバースなんていう、華やかな世界に挑戦しようっていうんだから。そして、ある日私はまるごと打ち砕かれることになる。

ある日、ファイナリストの女の子たちが呼び出しを受けた。それはヘア雑誌の撮影で。そしてその場で、私は〝髪を切って染めなさい〟と言われた。とある企画で、ビフォー・アフターを見せるためという。背中まである黒髪を、肩につかないくらいの短さまで切って、明るい茶に染めるから、と。私はとっさに、フラメンコをやっているので髪を短く茶髪にしたくないと言った。でも、残りたければ、言う通りにすることが条件だと一蹴されて。私は、はじめて人前で泣いた。そのとき、自分の中で、何かが音を立てて崩れていくようだった。自分を全部否定されたようで悔しかった。

友人の顔が浮かんだ。今まで見たことのない茶髪の私を受け入れてくれるだろうか？　母は？　バイト先は？　突然〝変わる〟私を、みんなどう思うだろう？　ミスコンなんて、柄にもない、海のものとも山のものともつかないものに関わるから、なんだか変わっちゃったわね、なんて言われるだろうか……。

けれど、私はその場で決めなくちゃならなかった。0か、100か。

そして、髪を切って残ることに決めた。途中で辞退するなんて、挑戦する前から負けを認めたも同然だと思ったから。

涙と鼻水でぐちゃぐちゃになった私は、奥歯を噛み締めながら、大学の恩師の言葉を思い出していた。

「個性とは受容の結果である」

個性を尊重するということは、ありのままを手放しに賞賛するということではない。挑戦し、受容してはじめて萌芽《ほうが》する、真の個性の芽がある――そんなふうにおっしゃっていた恩師。

沖縄から東京へ出てきて、流されれば負けだと思っていた。華やかな都会で、楽しく暮らすこともできる。でも本当にそれでいいんだろうかって。流行《はや》りや表面的な美しさや楽しさの一方で、大切なものが手からこぼれ落ちてしまいそうな気がして。だから、変わることが怖かった。

いま思えば、髪を切るぐらいで私の根っこが変わるはずもないのだけれど。そう、大切な部分はそのままに。見た目の変化は楽しむもの。

自分を表現する手段だから。今は、そう思える。

あのとき、髪を切ることを選んでほんとうによかったと思う。変わることを自ら拒んでいたら、今、私はどんな道を歩んでいただろう。ミス・ユニバースには出場していなかっただろうし、この仕事にも巡り合えていなかっただろうし。少なくとも、こうしてエッセイを書くことはなかった。

変わることで、また花開く自分の魅力がある。

鏡に映った短すぎる髪の毛を、いつまでも撫でて涙に濡れたあの晩。今では懐かしい想い出。

いちばんたいせつなことは、目に見えない

サン＝テグジュペリ『星の王子さま』より

今から10年前のある日、不思議なことが起こった。

といっても、いま思い返してみればということなんだけれど。

「くらら、最終に残ったよ」

と、ミス・ユニバースの日本大会予選に参加していた私のところに、事務局から電話で連絡があった。つまり、日本大会の舞台にファイナリストとして立つ、ということだ。正直、私は複雑な気持ちで。編集者になるのが私の目標だったから。〝ファイナリストを辞退する〟と、そう伝えるために立ち寄った事務局での出来事だった。

ドアを開けたら、いつものスタッフが私の心づもりを知らずに、笑顔で挨拶をしてくれる。いよいよ話さなくちゃ、と思っていたそのとき、事務局の電話が鳴った。

3
哲学

「くらら、イネスから電話だよ」

イネス・リグロンは、当時ミス・ユニバース・ジャパン・ナショナルディレクター。私たちの指導にあたってくれていた。

「くらら、あなた、辞退するつもりでしょう」

って、イネスが開口一番そう言った。

「えっ?」

「そうなんじゃないかと思って、ハワイから電話してるのよ! あなたと話せてよかったわ。考え直してみて、お願い。これがあなたの人生のターニングポイントになるわよ、きっと」

電話を切った私は、その日の用件を保留することにした。偶然私がいるときにかかってきた電話だったけれど、私はなんだか、その出来事を無視できないような気がしたから。

自分の気持ちを整理して、結局、大会に残ることにしたのだけれど、あのとき電話でイネスと直接話すことがなければ、私はファイナリストとして日本大会に参加することを辞退していたと思う。

そして今、ここに私はいなかっただろう。思えばあのとき私は、目には見えないご縁に導かれていた。

あれから約10年。私はそんなたくさんのご縁に生かされてきたと言っても過言じゃなくて。今の私があるのは、出会って、そして導いてくださった方々のおかげ。

ご縁は、目には見えない。物みたいに、手で触れることができないし、形もない。けれど、そんなご縁を丁寧に紡いで、そのときの選択と決断ができるかどうかって、大切なことなんだなぁって。

みなさまとの出会いに恵まれたことに、改めて心から感謝です。

君はそのままでいいんだよ

友人

ミス・ユニバース世界大会から帰国して、私の人生は一変した。取材や収録やロケを、めまぐるしくこなす日々。先のことを考える余裕もないほどで。そして私は、だんだんと重圧につぶされそうになっていた。自分でも知らないうちに。

最初に、自分でも変だなと思ったのが、自分の部屋の様子にはたと気づいたとき。服が、バッグが、本が、すべてが散乱して山積みになっている。そのうち足の踏み場もなくなった。物を片付けられなくなっていたのだ。あのころ、仕事から自分の部屋に帰ってきて、自分が何をしていたのか、ほとんど思い出せない。ただ、泥のように眠るだけ。だんだん、自分が自分じゃなくなっていくような気がして怖くなった。

ネットや雑誌を開けば、自分についてのいろんなことが書かれている。テレビにも、自分が映っている。ミス・ユニバース世界大会第2位という肩書とともに。自分に関するネガティブな声ばかりが、大きく聞こえてきた。

〝日本らしさを体現すべきなのに、なぜ着物で出場しなかったんだ〟

〝あんな濃いメイクは欧米にすり寄っているだけだ〟

〝日本の基準ではまったく美しくないのに、どうしてこの人が日本代表なんだ〟

24歳。社会経験もほとんどなく、いきなり飛び込んだ世界は、無数の目に見られる、独特な世界。

自分がどう見えているか——そんなことをいつも気にして、言葉を選ぶようになっていた。今の自分じゃだめなんだ、日本代表らしく、みんなが納得してくれるような人間でいなければ——。私は、必死に優等生になろうとした。

けれど、そんなことは長く続くはずもなく。自分を否定した後ろ向きな気持ちのまま、うまく物事が運ぶわけがない。だんだん、自分の中の歯車が狂って。そして私は、いつの間にか摂食障害に陥《おちい》っていた。食べては吐き、食べては吐き、の繰り返し。今の自分じゃだめなんだという思いが、自暴自棄な行為へと駆り立てる。いつしか、私なんて——と思うようになっていた。どうして、私がここにいるのかさえわからない、自分の存在価値さえ。そんなときふと、ある友人が私に言った。

「ねえ、くららはくららのままでいいんだよ」

って。どんな会話の脈絡だったか覚えていないけれど。摂食障害だということも打ち明けたことはなかったはず。けれど、彼は私の目をまっすぐ見て言った。その言葉が、とても温かくて。なんだか、泥沼から身体をひょいっと抱きかかえられた気がした。そして私は、2年間続けた、食べて吐くという行為を意識的にやめるように努め、半年かけて完全に抜けることに成功した。

自分を大切にできなかったあのころ。まるで自信なんてなかったけど、自信がない、とも言えなくて。いつだって、自信に満ちあふれた〝知花くらら〟でいなくちゃいけなかった。でもそれは、時間と経験が解決してくれたように思う。30歳になったころ、とても楽になったのを覚えている。いま思えば、ああいう時期も私にとっては必要なことだった。あの経験があったからこそ、今がある。

冬を越すまで、土の中でじっと辛抱してなくちゃいけない時期もあるかもしれない。ダメなところもそりゃあ、ある。でも、そのまんまでいいんだよね。丁寧に水やりをしていれば、いつか、きれいな花が咲くときが来るから。

起こることはすべてベスト

文筆家　福元ひろこ

毎月1度のラジオ番組『知花くららのプレシャスライフ』（JFN）にはゲストコーナーがある。ゲストの方々には、たっぷりおしゃべりして頂く。福元さんとの出会いも、JFNのスタジオだった。彼女の著書『歩く旅の本　伊勢から熊野まで』（東洋出版）には、220キロを歩き抜いた道中の物語が綴られていて。歩く旅をしたことのない私には、とても過酷に感じられたけど、会ってお話を聞いていると、〝それも楽しそうだなぁ〟なんて思えてくる。福元さんのさっぱりとした明るさは太陽みたい。

長い道中では、いろんなことが起こる。予期しなかったことも、たくさん。でも、福元さんは言う。

「起こることはすべてベスト。必要なことなんです」

3
哲学

うんうん。なるほど。……お話を聞いているとなんだか、まっすぐで誠実な、人生の啓蒙書を読んでいるかと思い紛うほど！　ふと、自分のこれまでを振り返ってみても、確かに、いろんな出来事があったなぁって。

大学3年で、私も例に漏れず就職活動をはじめた。面接が苦手だったから、場慣れするためによいというOGのアドバイスもあって、いろんな会社や業界を受けた。それもこれも、夢の出版社への内定のためで。ファッション誌、ライフスタイル誌、メンズ誌、なんでもよかった。ただ、編集の仕事に関わりたいと思っていた。理由は、かなり単純で、写真と文章が好きだったし、それに、ロケがあれば大好きな旅もできるかもしれない、なんて。出版社から内定を頂いたときは、就活をやりぬいたっていう充実感と、これから堅実で自立した生活を送れるんだと、安堵感もあった。

ところがどっこい。興味本位で応募したミス・ユニバース、そのファイナリストになっちゃって。二つを天秤にかけてみて、ずいぶん迷って、私は一つ結論を出した。それで、さっそく出版社の人事部に相談しに行った。

「4月1日が入社日ですが、4月25日が日本大会です。私としては、ぜひ入社して御社で働きたいという思いは変わりません。その間だけ、二足のわらじを履《は》かせて頂くことは可能でしょうか」

みたいに、言ったと思う。そう、私はこうなったら、どちらも挑戦したいと思ったのだ。そしたら、

「君が優勝しない、なんてだれが断言できますか？　今、ここで選択することが君のためだと思います」

と。欲張った自分がちょっと恥ずかしくなった。そう、何事も中途半端はかっこわるい。保険なんかない状態で挑戦する、これが私の性分にもあっているような気がしてきた。そして私は腹をくくった。

いま考えると、あの決断には驚く。あのとき、人事部の方のお言葉があったから、私は今、ここにいる。そのときの決断は、どちらが正しくて、どちらが間違っている、なんてことはなくて。起こることはすべてベスト。全部必要なことだったから。これからもきっと何百キロと続く人生の道。何が起こるかわからない。

福元さんみたいに、あっけらかんと明るく楽しんで、私も歩いていけたらいいなぁ、と思っている。

どうしても自由と喜びを手に入れたければ、それは自分以外のどこにもありはしないよ

リチャード・バック『イリュージョン』より

「ねえ、君さ、『イリュージョン』って読んだことある？」

大学入学間もなく、講義で一緒になった学生に声をかけられた。なんだかあやしい……と思った。その人は神学部の上級生で、まあ、つまりちょっと変わったナンパだったのだと思う。

「俺さ、これを読むと何でもできる気がするんだよね、これ、俺のバイブル」

と、さも楽しげにその人は言った。それから何度か会って話をして、それきりの出会いだったけれど、彼は私の人生に、名作を残してくれた。私はすっかり〝イリュージョン・ワールド〟に夢中になった。ふざけているのに哲学的で。フィクションなん

だけど、何だか人間くさくて。

ちょうどそのころだったかな、ある講義でヴィクトール・E・フランクルの『夜と霧』を読む機会があった。一時期は、臨床心理士を志していたこともあった私は、フランクルの人間を慈《いつく》しむ学問の姿勢に、鳥肌が立つほど、それはもう感銘をうけて。

〝愛により、愛のなかへと救われること！　人は、この世にもはやなにも残されていなくても、心の奥底で愛する人の面影に思いをこらせば、ほんのいっときにせよ至福の境地になれる〟

そんなくだりに心をつかまれた。アウシュヴィッツ収容所という、尊厳を奪われ、人間として扱われない人類史上最悪な場所で著者が見たものは、驚くことに、妻を愛する喜び。裸にされすべてを奪われ、ときに暴力や陵辱《りょうじょく》に耐えながら。食べ物もほとんど与えられず、ガス室へ送られるそのときを待つ、そんな非人間的な環境で愛する自由を見つけるなんて、人間って奥深い。

どんなに不自由な環境においても、人が自分の内側、つまり深い精神世界では、どこまでも自由になれる。自由と喜びは、自分以外のどこにもありはしない――。ああ、ヴィクトール・E・フランクルが『イリュージョン』に登場する救世主さんと同じことを言っている。私は、密かに興奮した。〝やっぱり、あの救世主さんはイケてる‼〟って。

それからというもの、『イリュージョン』は愛読書を超えて、ちょっとした私の手引書だ。落ち込んだとき、気分が塞《ふさ》いでいるとき、私はこの本を開く。そしたら、たいていのことは大丈夫な気がする。なんだか〝小さいことで、くよくよすんなよ、ほら〟って言われてる気がして。不思議だけれど、読んでいると、どこまでも飛んでいける感覚になる。まるで、翼を手に入れたみたい。

ああ、これが、リチャード・バックのミラクルマジックなんだわ。

君は、本当は、いい子なんだよ！

黒柳徹子『窓ぎわのトットちゃん』より

小学生のころだった。あれは確か、休み時間で。私の前に座っていた女の子の後頭部からとつぜん、血がぶわーっと吹き出しはじめた。みんな、上を下への大騒ぎ。はじめて見る流血に、どきどきした。……といっても、勝手に血が吹き出すはずはない。教室の後方から、一人の男子が自分のリコーダーを思いっきり投げつけたのだ。それが、彼女を狙ってのことだったのかは、定かじゃない。たぶん、違ったと思う。後ろを振り返ったら、投げつけた本人がいちばん動揺していた。

その男の子は、クラスの変わり者だった。というのも、彼はいつも突然暴れ出す。教室の机の上に登ってわめき叫んだり、椅子を力一杯投げてみたり。そのきっかけになるものがなんだったのか、よくわからないんだけれど。彼が、そういう状態になると、みんなちょっとびびったものだ。だって、投げたものにあたっちゃうかもしれないから。でも、ふだんはとってもいいやつ。運動ができて目立つ、とかそんなタイプじゃない。勉強ができて、まつげが長くて外国人みたいなきれいな顔してて。ああ、そういえばお母さんはとってもきれいな人だった。呼び出されて学校に来るお母さんの顔は、いつもちょっと困っていたけれど。

いちどかんしゃくを起こしたら止められない彼に、先生たちは手を焼いていた。他の生徒とは違うから。でも、私たちはどちらかというと、そんなふうに彼を見ていなかったと思う。休み時間になれば、

「ねえ、あれやってー!」

と、その子にねだる。それは、おもしろ浪曲。エア三線《さんしん》と、彼の絶妙な創作曲は、抱腹絶倒。なんの芸もできなかった私は、うらやましく思い、尊敬していた。おもしろ浪曲と、かんしゃく。なんともいえない取り合わせだけれど、それは彼の個性だと、子ども心に感じていたように思う。子どもには子どもの世界がある。先入観がないぶん、ピュアで寛容で。彼のことだって、〝危険視〟することはなかったし。リコーダー事件も、ああ、いつものかんしゃくが、大変な騒ぎになっちゃった! くらい

で。彼のことを、クラスでちょっと変な子、くらいに受け入れていた。もしかしたら今の小学校で、そんなことが起こったら、きっともっと大変な騒ぎになるのかもしれないけど。

きっとその子にはその子なりの理由がある。暴れるのも、言うこときかないのも、かんしゃくも。うーん、さみしいのかもしれないし、甘えたいのかもしれない。ふつふつとわくエネルギーが、人よりもきっと多いんだと思う。自分でも持て余しちゃうくらいに。だから、黒柳徹子さんの『窓ぎわのトットちゃん』に出てくる、小林先生みたいに、「君は、本当は、いい子なんだよ！」って、ぜんぶをまるごと受け入れてくれる人が近くにいるだけで、きっと楽になれるんじゃないかって。子どもだって、認めてくれる、わかってくれる味方が欲しいもの。

あの子は今、どうしているだろう。そばに味方、ちゃんといるかな。もう大人だから、リコーダーは投げないと思うんだけど。あのおもしろ浪曲をまた聞きたいな。

3
哲学

タンザニアでみんなとお別れのとき。世界中どこの国でも、ちょっとひょうきんな子はいるものなのね(笑)。

いつまでも瑞々《みずみず》しく、常若《とこわか》に

伊勢神宮の宮司さん

人生ではじめて伊勢神宮を訪れたとき。ファッション誌『Domani』のロケだった。森の向こうに日がのぼり、五十鈴川《いすずがわ》のせせらぎを聞きながらくぐった鳥居。踏みしめる砂利の音も、早朝の静けさに響いて。ひのきの香りに包まれて、思わず深呼吸をしていた。気持ちのいい場所だなぁと思った。ひととおり参拝。そして、係の方がこうおっしゃった。

「榊《さかき》は、頻繁に取り替えます。神さまのお屋敷も20年に1度、建て替えます。いつまでも瑞々しく、常若に」

清々しい！　と叫びたいような、賞賛の拍手を送りたいような気持ちになった。

それまで〝継続すること〟とか、〝変わらないもの〟がすばらしいと思ってきた。宗教とか、ヨーロッパの石造りの重厚な建築物とか。それらは揺るぎなく後世に残っていく。

けれど、伊勢の神さまの家は、それとはむしろ逆で。たった20年で建て替えだなんて。歴史が失われちゃうんじゃないかって。日本の真ん中にある神社に住む、神さまの家より、私のほうが長生き。やっぱり、ちょっと意外だった。20年ごとにまるごと建て替えていつも新しく瑞々しく——そうか。いちど創って壊して。そしてまた創って、壊して。そのたび新しい流れの中に身を投じる。そんな生き方もありなのかもしれない。

私はこれまで、なんだか、こだわり過ぎていたのかもって、そのときふと思った。ひとつ立派な肩書が欲しい時期だった。いま思えば、経験が追いつかないゆえの焦りから来たものだったんだけど。

認められたいのに、キャスターとかモデルとか、どっちともつかない自分のことが、いつも中途半端に思えて。けれど、新しい挑戦は怖かった。今、手にしているものを壊す勇気は、私にはなかった。

20年ごとに新しくなる伊勢神宮の神さまのお家。人はそこに悠久の時を見る。建物が新しくなっても、そこには〝変わらない何か〟があって。変化することは弱いからじゃない。揺るぎない何かがそこにあるからこそ、できること。大切なものを守り続けながら、進化する。淀《よど》むことなく。

時々ふと、呼ばれるように伊勢に行く。不思議な静けさの中、思わず立ち止まって深呼吸。瑞々しい、ひのきの香り。ああ、いつもの伊勢の香り。そして、いつの間にか心に溜まったため息たちが、五十鈴川の流れにさらさらと流されていくみたい。目を閉じて感じる、伊勢の清々しい空気は、優しく、私の背中を押してくれるようで。

そして、私は次の挑戦に向かって、また歩き出す。

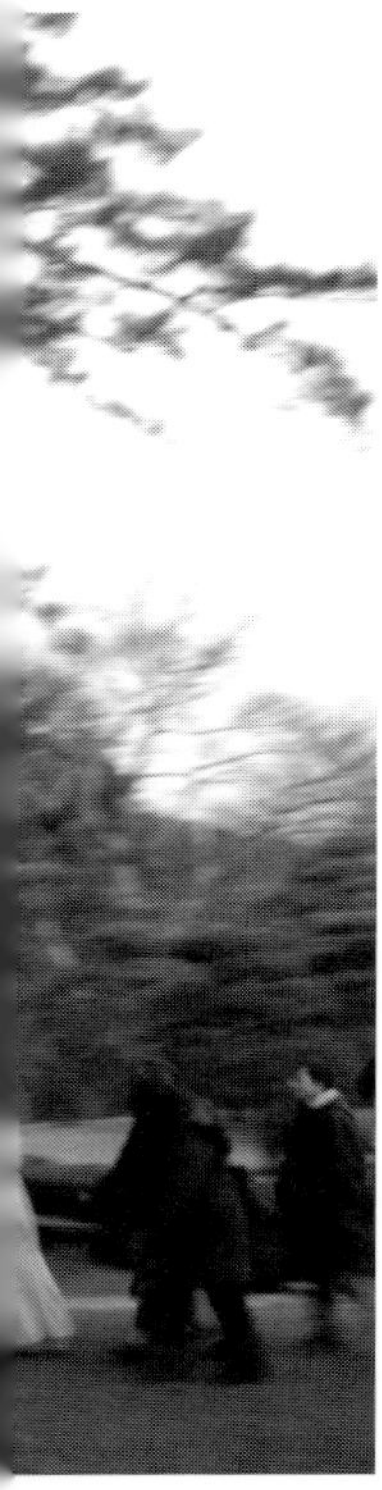

3
哲学

早朝のお伊勢の荘厳な空気に、心を洗われるような気持ちに(撮影：著者)。

だれもその人から
苦しみを取り除くことはできない。
だれもその人の身代りになって
苦しみをとことん苦しむことはできない。
この運命を引き当てたその人自身が
この苦しみを引きうけることに、
ふたつとないなにかをなしとげる
たった一度の可能性はあるのだ

ヴィクトール・E・フランクル『夜と霧』より

アウシュヴィッツでは、だれも人間扱いされない地獄のような光景だったという。アンネ・フランクも解放直前にベルゲンの収容所で命を落とした。今日はだれか、明

3
哲学

日は我が身、と恐怖におののいて過ごす日々。ガス室送りははずれクジ。残れば当たりクジ。運命に翻弄されるって、こういうこと。何が正解かわからない。選ぶ権利も、ない。ただ、運命に身を任せるのみ。

〝苦しみには、きっと意味がある〟

死と隣り合わせの日々で、人々は、苦しむことに意味を見いださなければ、生き抜けなかった。

それは、試練。神さまが与えた、乗り越えるための試練。

だれしも、苦しいと感じる経験があると思う。私もある、ずっと昔に。同級生は、すごく平和でしあわせそうに見えるのに、どうして私のところにだけ、こんな苦しみが降ってくるの？　って。すべてが、八方塞がりで、誰にも相談できてなくて。そのうち、心が閉じちゃって、どうして自分だけこんなはずれクジをひいちゃったんだって。でもね、そんなときでも、やっぱり自分でなんとかしなくちゃいけなかった。何かを恨んでも、自暴自棄になっても、何も解決しなかった。生きたいと思うなら、自分で考えるしかなかった。

だから今でも、だれかに苦しみを打ち明けられたとき、すぐに〝わかるよ〟と言ってあげられない自分がいる。冷たく思われるかもしれないな、と思う。でも、やっぱり、できない。その人の苦しみを、本当の意味で私は理解することはできないし、引き受けることもできない。自分で、乗り越えるしかない。歯を食いしばって、引き受けて、あがいて、答えを探して。それは、先が見えなくて不安な道のりだと思う。きっと、そんな運命に当たっちゃったのは不公平だって、心が折れそうになることもある。

だれか大切な人が苦しんでいるとき、私にできるのは、そっと背中をさすってあげることだけ。苦しいのは、今だけだから。乗り越えられたら、きっと〝ふたつとないなにかをなしとげる〟ことができると、私は信じている。苦しんで、悩んで、もがいたぶんだけ、実りもある。そのときまで、がんばって。倒れそうになったら、傍にいるから。

〝きっと大丈夫だよ〟って、ほら、フランクルも言ってくれてるような気がする。

Carpe diem.
——今、この瞬間を生きよ

詩人　ホラティウス

月の明るい晩、浜辺で散歩をしていたら、ふと足下にきれいな貝殻が。でも、私は足を止めなかった。なんとなく、上半身をかがめてその貝を拾うのが億劫《おっくう》に感じて。まあ、いっか。また似たようなのが見つかるかもしれないし。どうしても欲しければ、後で戻って拾えばいいやって。足下を見つめて歩いていくと、数億万の貝殻たちがひしめきあっていた。どれもこれも、みんなきれい。だんだん、さっきの貝が普通に思えちゃうくらい。砂を踏みしめるたびに、波が絶え間なくざばーんざばーんと、浜に打ち寄せて。

……さっきのあの貝殻、薄紫とピンクのきれいな……あれは何て名前だっけ。ああ、宝貝っていうんだっけ。やっぱり欲しい。持って帰ろう。そう思って、さっきの場所に戻ってみる。そこには私の足跡がまだついている。あれ？　確かにここのはずなのに。あの薄紫の宝貝はもう、なぜか見つからなかった。

恋愛も、似ている気がする。砂浜の数億万の貝殻みたいに、この世界にはたくさんの人がいて、出会いがある。全部を見てから、いちばんを決めようなんて、無理なんだよね。過ぎ去った恋愛が、やっぱりあのときがいちばんしあわせだった、なんて気づいたって、もう遅い。貝のあったその場所は、もう探せなくて。どんな形だったか、どんな色だったか、むしろ何を素敵だと思ったのか、それさえ曖昧《あいまい》になってくる。そして、私のしあわせってなんだろうって、最後にはよくわからなくなる。

だからCarpe diem.——今、この瞬間を生きて、恋に夢中になれる自分でいよう。〝今だっ〟と突っ走れるなんて、最高に素敵。

まったく同じ恋は、二度とできないから、大切にしたい。だって、広い砂浜で、数億万の中から月明かりが照らしてくれた宝貝だもの。

馬を洗はば
馬のたましひ冱《さ》ゆるまで
人恋はば　人あやむるこころ

歌人　塚本邦雄

短歌をはじめて1年半になる。これは、私の好きな一首。馬を洗うときは、馬の魂が冴えるほどまで洗い、人を愛したのならその人の命さえ奪うほどまで愛する、激しい心を歌ったもの。この歌を読んだとき、それはそれは全身が痺れてしまった。美しい歌だなって。作者が男性だというのにも少し驚いた。これを狂気とみるか、これ以上ない至上の愛情表現とみるか。

狂気と愛情のはざまで生きた、と言えば、私は阿部定事件を思い浮かべる。不倫相手の男性の首を絞めて殺害したあと、その性器を切り取って懐《ふところ》に隠し持ち逃亡を続けた女性。その当時、センセーショナルな事件として、メディアに取り上げられ話題になった。狂気のなせる業だと、人々は口々に噂した。

でも、狂気ってなんだろう？　って、つい考えてしまう。確かに、人を殺《あや》めるのはいけないことだし、不倫もたくさんの人を傷つけることになる。どんな状況でも、人を傷つけるのは絶対に許されることじゃない。でも、彼女に関する文献や記述を読めば読むほど、知れば知るほど、そこに純粋な愛の焔《ほのお》が燃え上がっているのが見えるような気がして。

彼女は、その手で切り取った、愛する人の性器にただならぬ愛情を持っていた。それは、性器そのものに対する偏愛ではなく、彼女にとっては形見のようなものだったんじゃないかって思う。セックスの間に、首を絞めてそのまま殺してくれと相手に言われたら。相手の息がなくなってもなお、一緒にいたいというただ一途な思い。繰り返すけれど、命を奪うことは絶対に許されることじゃない。でも、当時、恋に搦《から》めとられた二人を想像すると、彼女の行為だけを、突拍子もない変質者の行動、と揶揄《やゆ》し、軽蔑できるだろうか。

正気と狂気の境なんて、よくわからないけれど、じつはすぐそばにあったりするかもしれない。形のない心をつなぎとめておきたいと思うからこそ、私たちは、苦しむ。いつかは移り変わっていくかもしれない心を、うらめしく思う。そして、どんどん狭い世界しか見えなくなって。ふと気づくと、ずいぶん遠いところまでたどり着いちゃって。でも、それは真っすぐな愛だからこそ、そんな苦しみもあるんじゃないかって思う。それを、狂気の沙汰だと切り捨てることが、なんだかできない。とことんまで愛に生きる生き様を、心のどこかでうらやましくも、哀しくも思い、私の中にも共鳴する部分があるようにも、思うから。

愛することを止めれば、苦しくない。最初からだれも愛さなければ、傷つくこともない。それでも、人を愛するのはなぜだろう。ときに、相手の首に手をあてたくなるほどの激しさで。

儘《まま》ならぬは、人の心也――。不可解で、ときに滑稽《こっけい》で。だからこそ恋心は、心臓をつかまれるほどに、美しい。

Bonjour tristesse.
——悲しみよ　こんにちは

詩人　ポール・エリュアール『直接の生』より

フランソワーズ・サガンの処女作の題名にもなったこの言葉は、もともとは、ポール・エリュアールの詩の一節。

どうして〝悲しみよ　こんにちは〟なんだろう。〝かなしみよ　こんにちは〟、平仮名はちょっと違うか。そしてそっと、〝哀しみよ　こんにちは〟とあててみる。ずいぶん、語感が変わる。

「悲しみ」と「哀しみ」の違いは……。とりあえず手元のスマホで語源を調べてみた。ほう、悲しみは、羽が左右に広がっている形から、心が引き裂かれるような痛みをともなうもので、哀しみは、口を衣で覆ってむせぶことを言うらしい。

今もふと思い出す恋がある。恋の終わらせかたが、よくなかった。あんなふうに、関係を終わらせるべきじゃなかった。思いが強かったぶん、布を引き裂くような音さえするかと思うほど。悲しくて、声を上げてたくさん泣いた。早く時間が経てば、この苦しみから解放されるのにと思った。早く忘れたかった。

涙はもう出ない。時計の針は、淡々と前に進んで。時とともにだんだんと、悲しみは哀しみにかわって。今なら一生懸命だったあの時間たちを、受け入れることができるような気がする。

〝悲しみよ　さようなら
哀しみよ　こんにちは〟
と心のスクリーンに書いてみる。

もう、他人になってしまった人。恋は終わったけれど、身体にだけは気をつけてほしい、とささやかながら祈っている私はもう、一歩を踏み出している。

……なんて、外は午後の秋雨、しとしと、徒然《つれづれ》なるままに。

着物をたくさん持ってたけどね、ぜんぶ捨てて楽になったわ

瀬戸内寂聴

ラジオ番組『知花くららのプレシャスライフ』。ゲストとして出演して頂いた、瀬戸内寂聴さんの回のとき。寂聴さんにお会いするのが、この年のTo Do Listのうちの一つ（私は毎年、新年にこのリストをつくることにしている）だったから、〝言葉にしたら、叶うことってあるんだなぁ〟と、興奮。お話は、恋愛のことや、結婚のことになり。そして、私はこう質問してみた。

「どうして出家なさったんですか」

きっと何万回も聞かれて、またこの質問か、と思われるかな、なんて不安になりながら。すると、

「私、とにかく着物をたくさん持っていたの。それを捨ててほんとうに楽になったわ

よ。それに、文学的探究心ね。純文学を書くには、必要だと感じたのね」

と、にこにこのお顔でお答えくださって。恋愛のご指南よりも私の心にはこの言葉が響いた。

ふと思い出したのは、いつか見たザンビアの地平線に沈んでいく大きな夕日と、バオバブの木のシルエット。言葉がいらないほど、目尻に涙もにじむほど、美しかった。自然は、人々は、この大地で日の出とともに起き出し、働き、暗くなったら眠りにつく。毎日それの繰り返し。そんなシンプルな暮らしに、なぜか心惹かれて。私は、たくさんの物を持ちすぎているのかもしれないなぁ、なんて思ったのを覚えている。

というのも、モデルのお仕事をさせて頂いて、毎年シーズンごとに増えていくお洋服や、バッグや、靴の数たるや。〝流行に流されなくちゃいけないのよ、私たちは〟って、いつもお世話になっているスタイリストさんは言う。確かに、そうだなぁって、思う。流行は時代とともにある。時代を肌で感じられるのがファッションだし、それに、女性の生き方とも密な関係だからこそ、おもしろい。でも、だんだん増えていくお洋服や、バッグや、靴を眺めていると、なんだか、不安になるのも正直な気持ち。自分でうまく消化できないうちに、その波が去っていき。そしてまた新しい波に飲み込まれていって……知らないうちに、ほんとうに大切なものを見失ってはいないかしら。

文学に生きる寂聴さんの人生に、仏門への扉が少しずつ近づき開いたように、これからいつか私の人生にも、何かを〝捨てる時〟が来るのかもしれない。寂聴さんが着物をたくさん捨てたのは、もっと文学に生きたいという自分の気持ちにシンプルになった結果。だからきっと、自分の声に気づいたときが、不要なものを捨てるとき、なのかもしれない。

たくさん持っているより、ほんとうに好きなものを一つ。そうやって、自分にとって大切なものが見えるようになると、きっと楽になれる。生き方もファッションもシンプルに。それこそまさに、バック トゥ ベーシック。そしたら、もっと楽しくなれるような気がする。

そして品のあるおばあちゃんに、いつかなりたい。

手をのべてあなたとあなたに触れたきに息が足りないこの世の息が

歌人　河野裕子

乳がんで逝った妻、そのすべてを見届けた夫。歌人河野裕子・永田和宏夫妻が紡いだ歌集『たとへば君――四十年の恋歌』をはじめて読んだとき、丸の内のカフェで人目もはばからず、号泣した。鼻水もずるずる、ハンカチを忘れたことをあれほど後悔したことは、今までの人生でなかった。

辞世の歌は、息がつまるほどの、愛する人への愛情であふれていて、ヘタな恋愛映画を観るよりもずっとずっと、ロマンティック。

そして私は、短歌に夢中になった。与謝野晶子の『みだれ髪』、俵万智の『サラダ記念日』（これは母が好きだった）を本棚からひっぱりだして、貪《むさぼ》り読んだ。短歌をはじめて1年半。歌が好きな理由は、この瞬間を刻みつけることができるから。ともすれば、日常の風景とともに流れていくような心の景色、それを、31文字に詠《よ》むことで、永遠に残せること。まるで、読み止《さ》しの本に付箋《ふせん》をはるように。

大学受験の年、私は腰痛が悪化して、整体に通い、漢方を処方してもらっていた。そこのおじさん（私はおっちゃんと呼んでいた）は、うつぶせになった私の痛みの部分に手をあてて、目をつぶっている。じんわり温かくなってきて、ちょっとずつ痛みも和らぐ。人間の手ってすごいんだなぁ、と半ばうとうとしていた私。そして突然、おっちゃんが、がははと笑ってこう言った。

「おまえさんな、遺したいものあるんだろう？　だったら、遺すもん遺そうぜ」って。はあ……。何を言っているかよくわからない。この人は、いつも突然不思議なことを言う。そうそう、この前なんか、「彼氏とビーチ、楽しかったかぁ？」なんて聞いてきた。塾を休んで内緒で行ったデートだったから、だれも知らないはずなのに。変なおっちゃん。いつもパワフルで、がはははって感じで。ときに陰鬱《いんうつ》な気分の受験生には眩《まぶ》しいくらいで。

だからその日、おっちゃんに言われた〝遺したいもん〟のことが気になって気になって仕方なかった。そして、今でも私は自分に問い続けている。〝遺したいもん〟って何だろう。

未だに、自分が何を遺せるのか、よくわからない。

だから、何かを遺していった人の生き方を知るのが好きだ。短歌に心ひかれるのも、一首一首、歌人が刻みつけ、遺していった心だから。自分が生きているこの瞬間、今しか詠むことのできない心があるなら、それを書き留めてみたいと思う。

河野さんみたいに、最期の瞬間《とき》まで、そうあれたら、すてきだなぁ。

しあわせのダイアグラム

友人

2013年は、私にとっては変化の年だった。上半期はいろいろな出来事が重なって、まるで川の激流のようで。仕事を続ける自信がなくなるほど、流れに飲み込まれて精神的にも落ち込んだ時期もあった。縁結びの出雲、しかも60年に一度の遷宮《せんぐう》の年に仕事で2度訪れるという、ラッキーにも恵まれたはずなのに、体調を崩したり、それまでの人間関係ががらっと変わったりして。何がつらいのかも、もう、わからないほど涙だけが頬をつるつると流れる、みたいな時期だった。

そんなとき、とある友人に〝しあわせのダイアグラム〟っていうのを教えてもらった。人生で大切なものは、おおまかに、〝仕事〟〝友人・恋人〟〝家族〟の三つに分けられるらしい。で、もし、そのうちの一つがどうにもこうにもうまくいかないとき、あとの二つに時間と心を丁寧に注いでみる。たとえば、仕事がうまくいかないとき、ゆっくり友人に会う時間をつくったり、久しぶりに家族に電話してみたり。そうして人はしあわせのバランスを取り戻すらしい。

「まず、やってみて」

って、優しい微笑みがささくれ立った心にしみた。

だから私、さっそく親友に電話してみた。のんびりしたいつもの、おだやかな声。沖縄のアクセントも心地いい。そして、急遽《きゅうきょ》、スケジュールが空いて3日間オフになり、そうだ、家族と過ごそう、そして、何も考えないですむ時間をつくろうと思い立った。すぐさまフライトチケットをとって、両親に連絡。理由は何も聞かずに、いつも通り、「はいはい～、気をつけてね～」って言ってくれた。内心、ほっとした。じつは、こうやって甘えることが、これまであんまりなかったなぁって、ふと気づいて。上京してもう14年くらい経つけれど、たいていのことは、両親に話す前に自分で解決してきたから。

那覇空港に降り立ったら、両親が迎えに来てくれていた。久々に会う両親はいつも通り、マイペース。顔を合わせても、やっぱり何も聞かずにいてくれた（後で聞いたら、突然帰ってくるから何事かと心配してたらしいけれど）。家族の近況とか、沖縄そばのおいしいお店ができたよ、とか、たわいもない話をしながら、空港の外の真っ青な空を眺めていた。小さな綿飴《わたあめ》みたいな雲たちも、楽しそうに浮いてる。いつだって、沖縄の空は青くてまぶしい。そしたらなんだか〝あはは、私の悩みはちっちゃいなぁ〟って、ふっと笑えちゃって。それだけで、すごく楽になれた。

家族と、大事な友人が私を支えてくれた。しあわせのバランスを保ってくれたんだなぁと思う。きっと一人でずーっと悩んでいたら、暗い顔のままだったと思う。そんなんじゃ、ハッピーの天使は舞い降りてくれませぬ。自分で解決することは大事なことだけど、意外と人はそんなに強くない。だから、とりあえず〝肩貸して！〟って、転びそうになったときに言える素直な自分でいようと思う。

大事なことは辞書に書かれていないよ

フランスで出会った、親愛なる友人

大学2年生のとき、フランス留学を決意して、大学を1年休学し渡仏した。フランスでは、ブルゴーニュ大学付属語学学校に通い、国際学生寮に住むことになっていて。大好きなフランス映画と同じ言語圏で暮らすことにわくわくしていた。

最初の壁は英語。フランスなのに、と思われるかもしれないけれど、当時、国際学生寮には世界中から留学生が集まってきていて、わずかな程度の差こそあれ、ほとんど最初はみんなフランス語ができなかった。なので、自ずとコミュニケーションは英語からはじまる。仲良くなった友人たちは、みな英語が堪能で。メキシコの子、ヨーロッパの子、フィリピンの子、南米の子もいた。私は、毎日どぎまぎしていた。受験英語しか勉強したことがなかったから、頭の中で全部英訳してからでないと、口にすることができない。間違うことが怖かった。とくに前置詞。ああ、これは絶対に受験英語の呪いだとさえ思った。forなのかwithなのかatなのかtoなのか……。不安で仕方ないから、友達とご飯を食べているときも、おしゃべりをしているときも、いつも電子辞書を手放せなくて。

ある日、仲良くなったメキシコ人の男の子と、大好きな映画の話になった。彼は流暢《りゅうちょう》な英語で、お気に入りの映画について教えてくれる。ペドロ・アルモドバル監督の『トーク・トゥ・ハー』。そうそう、女闘牛士の衣装がイケてたんだよなぁなんて思っても、あれ、英語ではなんて言えばいいんだっけ……と、結局会話に参加できずじまい。「君はどう思った?」なんて聞かれて、さらに何から話せばいいのかわからなくなっちゃって。手元の辞書とにらめっこしながら、頭はもうパニック。そのとき、彼は私の電子辞書に手を置いてこう言った。

「大事なことは辞書に書かれていないよ。ぼくが知りたいのは、君がどう感じているかってことなんだから。言葉にしなくちゃわかんないよ? 文法の間違いなんてどうでもいい、ほら、話してみて」

これぞまさに実践。ここでやらねば女が廃《すた》る。英語文法はこの際、ええい、二の次だ。はじめて自転車の補助輪を外されたときを思い出す。何度もつっかえながら、どうにかこうにかか、身振り手振りを交えて。恥ずかしいやら緊張やらで、息も絶え絶え。でも、彼のまなざしはとびきり優しくて。「なんだ、英語、できるじゃないか！今まででいちばん、君が考えてることがわかったよ」って。ひゃあ、おっ、下手でもいいんだな、通じた！　と、私は、なんだか花丸をもらったような達成感。

何を伝えたいのか――それが大事。言葉や文化が違っても。文法を間違えることは、たいしたことじゃない（いや、もちろん正確であるほうが伝わりやすいんだけど）。あとは、多少の図々しさ（！）。それさえあれば、なんだか英語だってフランス語だって怖くないような気がした。

棺桶には、何を入れてもらいたい？

ある先輩

人見知りだし、言葉を選びすぎるし、不器用だった学生時代の私。そんな私も、大学3年のとき、就職活動の時期を迎えた。とりあえず、いろんな先輩にアポをとって会って頂いていた。緊張ばかりしていたように思う。そんな日々に、ふと質問されたのが、これ。

「知花さぁ、自分の棺桶に何を入れてもらいたいかって、考えたことあるか？」

「うーん」と私は考えこんでしまった。それはつまり、人生でいちばん大事にしているものは何かという質問よね、面接でもそんなこと聞かれるのかなぁ？　23歳の私には難しいなぁ、なんてぼんやり考えていて。それから、この問いは私の中にずっと引っかかっていた。

他の友人にも同じ質問をしてみたら、お気に入りの漫画とか、手紙とか、いろんな答えが返ってきた。なんだか、キャラが出ておもしろい。そして、とある大先輩はこう答えた。

「俺は、人生で惚《ほ》れた女がみんな集まって泣いてくれたら、それだけで嬉しいね」

キザでやんちゃな答えだけど、私は拍手を送りたくなった。人生でいちばん大事なものは、人を愛した記憶だなんて。あっぱれ。でも、なんだかわかるような気がするなぁ。その大先輩はキザぶっていても、寂しがりやなんだと思う。人の温もりがないと、生きていても凍えそうなくらい寒くって寂しいと思うのだ。一人で旅立つときは、なおさら。

そうだな、私なら物は要らないかわりに、大切な人たちに抱擁されたい。生きている間は恥ずかしくて、なかなかそんなこと言えないけれど。一人で旅立つ前に、最後に温もりを感じられるように。柩《ひつぎ》に眠る、寂しがりの私に、ぜひ愛のハグを。冷たい身体だけど、そのときは遠慮せずに、よろしくです。

哲学し、行動する花となれ

著者

フランス留学先で知り合った友人は、肌も白くて、最初はスペイン人かなぁと思った。聞いてみると、彼は北アフリカ・アルジェリアの先住民族ベルベル人。

とある晩のことだった。

「アラビア語なんか、ほんとうは話したくないよ」

そう語るベルベル人の友の表情に、隠しきれない怒りがにじみ出ていた。仲のよい友人が集まったその輪には、アラブの友人だっていた。みんな神妙な顔をしている。いつもは冗談ばっかりで笑い合っている仲なのに。

ベルベル人の歴史は、侵略と植民地支配の歴史といっても過言ではない。文化や言葉が奪われ、彼らのアイデンティティに対する執着は、まるで、焰がめらめらと燃え立つようで。恨みも、怒りも、隠さない。そうして私は、彼らの歴史を知った。それ

3
哲学

は、教科書の中の記述ではなく、まさに今、生きている歴史。世界が、もっと立体的な手触りになった感じがした。

留学は、私に世界の扉を開いてくれた。遠くのどこかで起こっていたことが、人との出会いで、急に身近な問題になる。人間の感情がライブに動いていることを感じられて。歴史を背負って、私たちは〝今〟を生きている。

帰国後、復学した私は卒論に取り組んだ。テーマは教師論で、世阿弥《ぜあみ》の花伝書《かでんしょ》の〝舞台の花〟という概念を参考にした。

『風姿花伝《ふうしかでん》』は、舞台の花を咲かせるにはどうすればよいかという、能役者への指南書。置き換えてみれば、もし人生が舞台だとすると、私たちは、〝舞台の花〟を咲かせる役者、ともいえる。私は、この〝花〟の概念にすっかり夢中になった。花伝書の趣旨は、「花を知ること」でもあり、なんだかまるで私の名字そのものだ、と勝手に運命的なものを感じていたこともあって。だから、卒論の仕上げに、自分へのエールとして、思いつきで扉ページにこう言葉を添えた。

〝哲学し、行動する花となれ〟

哲学すること。それはフィロソフィーとしての理論的な哲学ではなくて、私にとってはもっと個人的な問いでもある。12〜13歳のころに、私は自然と自分が生きる意味を考えるようになっていた。だから、留学がもたらしてくれた出会いをきっかけに、この同じ地球上で生きる、言葉も文化も違う人々の人生をもっと知りたくなった。もっと感じたい、人がどうやって、何を感じて生きているのかを。苦しみも、葛藤も、喜びも、どこまで人はわかり合えるのか。

私が見つめていたいもの、それは、人間なんだなぁ、と。それには、じっとして、哲学書を読んでるだけじゃものたりない。一人ひとりの人生は、本には書かれていない。旅に出て、出会って、人間の生の部分を見つめたい——。その思いは、今、ますます強くなってきている。そうやって私は、自分の花を育てているような気がする。

〝哲学し、行動する花となれ〟

まさか、大学時代にふと思いついた言葉が、今も私の添え木になっているなんて、当時は思いもよらなかったけれど。自然の花は咲いているだけで美しい。けれど私たちは、哲学し、そして能動的に生きるからこそ、もっと違う美しさのある花。

一度きりの人生だもの。人生という舞台で、幕が下りるまで、咲かせて、舞って。思いっきり、楽しんでまいりましょ。

若者よ、旗を立てなさい！

銀座もとじ代表　泉二《もとじ》弘明《こうめい》

銀座にある呉服店、銀座もとじの代表、泉二弘明さんは御年65歳、尊敬する経営者の一人だ。銀座もとじでは、職人不足で消滅してしまいそうな伝統技術や産地を紹介して、光を当てていく。職人さんとの信頼関係を丁寧に築きながら仕入れる反物《たんもの》は、どれも美しい。日本の伝統美を知ることはほんとうに楽しい。そんな楽しさを、泉二さんはいつも教えてくれる。旅に出ては現地の織物や染め物といった布類を買う〝布好き〟を自負する私は、わくわくが止まらない。

今や呉服店の新しいスタイルを確立させた泉二さんは、どうやら、気骨のある若者だったようで。

「奄美から出てきて、ちり紙交換の仕事からはじめました」

そこで、どうすれば人と違う方法でお金を稼げるかを学ばれたそう。

「4畳一間の部屋の天井には、年商1億、と書いて貼って」

と、高らかに笑う。

今や、銀座に3店舗を構える店にも、そんな歴史があったとは。こうやって、経営者から伺う話は、いつも刺激的。泉二さんは、日本の素晴らしい職人に光を当てることと、呉服屋さんの商いを両立させた。今までに見たことのないスタイルを確立させることほど大変なことはないと思う。気づきとアンビシャスな心意気が、新しい何かを生む。そして、それが後世に遺っていく。

「最近、講演をお願いされることがあるんだけれど、そんなとき、言います。〝若者よ、旗を立てなさい！〟って」

最近の若い人たちは、なんだか元気がないと泉二さんはこぼす。ああ、確かに。この方が切り開いてきた道を思うと、若い世代に野心のないのが物足りなく思えちゃうんだろうなぁって。

一喝された気分になる。私は、女優でもなく、もちろんアイドルでもなく、純粋なファッションモデルということでもなく、絶妙に微妙な立ち位置で、これまでやってきた9年間は試行錯誤の連続だった。だれも見たことのない道を行くのは、これでいいのか不安だし、先も見通せない心細さもあるけれど。だからこそ、私も旗を立てようと思う。もっと夢を見て。もっと楽しく、ハッピーに。私の道をマイペースに進もうではないか。

「次は日本の外に出るぞ!」

と、隣でにこにこしている泉二さん。ああ、まだめらめらと野心が! 何かを成し遂げる人たちの、この熱量、シビれるなぁ。私も負けないようにがんばろうっと。

4

未来

l'avenir

「お腹が空く」という意味がわかるようになった

宮城県の男の子

国連ＷＦＰの作文コンテストの審査員として関わらせて頂いたときのこと。応募作品の中に、宮城県の男の子が書いた作文があった。そこには、震災当日のことや、その後の被災経験が綴られていて、こう書いてあった。

「お腹が空くという意味がわかるようになった」

って。読み終えて、涙を抑えきれなかったのを覚えている。彼が、自分の経験をアフリカの子どもたちに重ねようとしてくれているのだと思うと、胸がつまる。苦しい経験をしたはずなのに、だれかのことを思いやることができるなんて。

２００７年から、国連ＷＦＰの活動をはじめた当初は、批判もたくさん頂戴《ちょうだい》した。偽善のようにうつったり、きれいごとに見えたりしたのかもしれない。

実際、私が訪れるアフリカの国々は遠い。行ったこともなければ、見たこともない子どもたちの状況を想像して支援してほしい、なんて確かにちょっと絵空事に聞こえるかもしれない。この飽食の日本で、飢餓を想像することは難しい。だって、お腹を空かせた経験がないんだもの。私も、この活動をしていなければ、アフリカのことは、やっぱり自分には縁遠いことだと思っていたと思う。

けれど、東日本大震災以降、それが少し変化したように感じている。トークイベントに行くと、あれ？　特別何か変わったことが起きたわけではないんだけど、壇上で話しているとき、ふとそう感じて。そして、ブログやファンレターで頂く声も、やっぱり違ってきた。〝私たちは何ができるのか？〟という質問をたくさん頂くようになった。

〝支援〟という言葉が、もっと身近な問題として、私たちに響きはじめたんだと思う。作文を書いてくれた男の子のように、東北の人々は生活を一瞬にして奪われた。そして、他地方に生活している我々は、東北に想いをはせ、関心を持ち、日本中で、さまざまな活動が生まれ、人々が「復興」へと向かって手を携えてきた。経験と実感をもって「何ができるのか」という問いに一人ひとりが、真剣に向き合ったんだと思う。

私たちは、震災を通して「共感する」ということを日本中で経験したのかもしれない。私自身、海外での日本の援助を取材してきたけれど、東日本大震災のときは、援助がどれほどの人を救うのかということを改めて感じた。

今は、関わる人々の想いをもっと伝えなくちゃ、と身が引き締まる思い。現地の人々の痛みや苦しみを、すべては理解できないかもしれないけれど、心を寄せることはできる。

「共感」はきっと、自分以外の何かを変えたいという願い、そして次の行動につながっていくんじゃないかなと思う。

4
未来

力のある者は汗を出す。知恵のある者は知恵を出す。金のある者は金を出す。命のある者は命を出す

農学者　遠山《とおやま》正瑛《せいえい》

とあるテレビ番組のロケで内モンゴルへ赴いた。農学者・遠山正瑛（1906〜2004年）の人生をたどるためだ。彼は亡くなる直前まで、中国のゴビ砂漠に植樹を続けた人物。当時、日中関係は良いとは言えなかったのに、地球の平和のために植林活動を続けたという。彼の通訳を務めていたという女性が、遠山氏のこんな言葉を教えてくれた。

「力のある者は汗を出す。知恵のある者は知恵を出す。金のある者は金を出す。命のある者は命を出す」

内モンゴルにて。砂漠で植林作業を経験。

ああ、こうやって簡潔に、あのとき弟に説明できればよかったと思った。

あれは、東日本大震災後に、一緒にランチをしたときのこと。

「俺に何ができるのか、わからなくて」

久々に電話があったからてっきり恋愛相談かと思っていたら、違った。彼なりに、何かしたいんだけど、具体的に何をすればいいのかがわからない、と言う。「自分がいちばん、たくさん持っているものを考えてみたらいいんじゃないの。学生なら時間かもしれないし、体力があれば、がれき撤去の作業とか。ネットワークだって、お金だっていいんだから」と言ったら、「ふうん」とそれきり。何だか的はずれな回答だったらしい。姉としてはまったく役に立てず。かく言う私も、じつは東北への支援の形でいろいろ悩んでいた時期でもあり。自分には何ができるんだろうって。

震災後、現地での単発の物資支援だったり、ＷＦＰオフィシャルサポーターとしての活動はしてきたけれど、やっぱり福島の子どもたちのために何かしたいという思いがずっとあって。海外の活動ともまた違って、近いぶん、もっとできることがあるはず。でも、人々に必要とされるものじゃなくちゃ意味がない。現地に赴いてお話を聞いたり、情報収集をしたりと、そのためには時間が必要だった。

そしてようやく、アイデアが形になったのは2012年6月。福島の復興支援の一環として、〝げるまキャンプ〟プロジェクトを立ち上げた。このとき、改めて感じた。今回、私の役目は、縁をつなぐことだったんだなぁ、って。私には、祖父の生まれ育った慶留間島との縁があった。そして、福島の方々との出会い――。

3回目の夏を迎えた、げるまキャンプ。海で子どもたちと一緒に遊んでいると、さすがに体力勝負！　でも、やっぱり楽しい。何の心配もせず、元気一杯に遊んでいる子どもたちの日焼けした笑顔。そして、島の人たちとの輪が広がっていくのも、すごくうれしい。

すでに自分が持っているものを、改めて見つめ直してみる。それを喜んでくれる人たちがいるかもしれない。毎年、島の人々は、福島からお友達がいっぱい訪れてくれるのを楽しみにしてくれているし、福島にも、沖縄の自然の中でいっぱい遊びたいっていう子どもたち、お母さん方がいる限り、続けていきたいと思う。私は、みんなが安全に楽しく1週間を過ごすために、目的地までの道を整備する係。沖縄の美しい島で、人の輪が広がったらもっと最高。

みんながハッピーなら、それがいちばんうれしいから。いえーい。

この海は入っていいんだよね、ママ

福島の子ども

げるまキャンプを開催するきっかけとなった東日本大震災。テレビで流れる津波の映像は、恐ろしいものだった。東京も混乱していたし、日本中が震撼した日だった。さらに、日を追うにつれて漏れ聞こえる、福島での原発事故。人間がつくったものなのに、その人間がコントロールできなくなる状態が、こんなにも恐ろしいことだなんて。あらゆる意味で、一部の人々の日常は奪われてしまった。

福島の子どもたちのために何かしたいと思った。外でめいっぱい遊べなかったり、家に戻れない人たちもいたり。目に見えない、匂いも味もしない放射能と戦い続けるのはきっと簡単なことじゃない。お母さんたちの葛藤を思うと、いてもたってもいられない気持ちになって。子どもたちの未来と笑顔のために、できることは何だろうって。

慶留間島は祖父の生まれ故郷でもある。大人になってからはじめて慶留間島を訪れたとき、海の美しさに、子どもみたいにはしゃいじゃったくらい。まるで、かき氷にかかっている、あの青いシロップ。または、カクテルのブルーハワイみたいで。この慶良間の海の美しさをいろんな人に知ってほしいなぁって、そのとき純粋に思えた。

だからきっと、福島の子どもたちもこの海をみたら、私がそうだったみたいに、ぱぁっと喜んでくれるんじゃないかなぁって、このキャンプを思いついた。それで、この慶留間島で開催したらどうかなと、まず島の人に相談したら、〝いいねぇ、やろうよ〟と言ってくれた。そうやって、このキャンプが生まれた。

じつは、この原稿を書いている今、第3回げるまキャンプの真っ最中。もうすぐ2日目が終わろうとしている。

今日はたくさん海で遊んだよ。子どもたちはみんな、焼きたてのパンみたいに、こんがり色(笑)。

「ここの海は、入ってもいい?」

って。ママに手を引かれて、初日は少し不安げで様子をうかがっている子どもたちの顔。

「いいよ、ここは大丈夫だよ！」

ママのGOサインとともに、子どもたちはいっせいに青い波に、ばしゃばしゃ飛び込んでいく。

この、福島からやってきた母子のやりとりは、毎年この慶留間の浜辺で繰り返されている。そのたびに、私は心の中で〝このキャンプを続けていこう〟って、気持ちを新たにしている。あの震災の記憶が、夜、子どもたちの恐怖を呼び起こす。ママから離れることができない子だっている。複雑な状況を抱えた福島だけれど、子どもたちが裸足《はだし》で砂浜を駆け回って、波に飛び込んで、笑顔をみせてくれるなら、このキャンプを続けていきたい。子どもを守りたいというお母さんたちの心に寄り添えるようなキャンプでありたい。

それに、このキャンプにはもう一つ、いいことがある。県外の人に慶良間の自然の良さを知ってもらえること。２０１４年3月には、慶良間諸島は国立公園に指定された。そして、毎年子どもたちが遊びに来ることを、島の人たちが喜んでくれる。毎年、島のみなさんのご協力を頂いてこのキャンプが成立しているわけだけれど、子どもたちのためならと、仕事を休んで海遊びの監視要員として参加してくださったり、小中学生はエイサーを教えてくれたり。もう、感謝感激、表現する言葉もみつからないほど。この島の人たちの笑顔があるからこそ、この活動を続けていくことができると思っている。

福島の子どもたちと、島の人たち。みんなが笑顔になってくれたら、このキャンプは大成功。参加者の中には、またこの島に遊びに来てくださるご家族もあるくらい。〝いつでも帰っておいでね〜。子どもたちの成長を楽しみにしているよ〜〟っていう島の人の言葉が、じんわりしみる。どこまでも青い、宝物みたいな海は、どんなときも、いつでもここにあるから。お魚さんも、浜辺の貝殻も、やどかりも、みんな待ってるからね。

慶留間よいとこ、またおいで〜。

4
未来

島のみなさんと、福島のお母さんと子どもたちをお出迎え。

みんなで手をつないで、仲良くすればいいのにね

福島の子ども

げるまキャンプに参加してくれた女の子が、貝殻工作の時間につくった亀を、紙に包んでプレゼントしてくれた。宝貝でつくった4匹の亀が、手をつないでひとつの輪になっている。とってもきれいな作品で。

「みんなさぁ、こうやって手をつないで仲良くすればいいのにねー」って、ちょっと大人びた口調。

「そうだね、その通りだね」

って答えて、ふと、私は福島の〝今〟を考えてしまった。毎年、げるまキャンプに参加するお母さん方から聞くたびに、考えさせられる、複雑な現実。あるお母さんからこんな話を聞いたことがある。「洗濯物をどうしているか、ってまず聞くんです」

つまり、洗濯物を外に干しているという答えが相手から返ってくれば、放射能を〝意識しない〟派。中に干しているという答えなら、〝意識している〟派。放射能対策について、日々の話題について、心おきなく話ができるかどうか――。お母さん方にとっては大切な問題。たとえば、ママ友同士の集まりで、今日はどこそこの公園にみんなで行きましょう、となる。けれど、その公園は線量が高い場所だから、〝意識〟派のお母さんは、行きたくない。でも、なかなか真正面からは断りづらい。そこで、葛藤が生まれたり対立が生まれることも。

放射能を意識せずに暮らせば、震災前と同じような生活が送れる。一方で、意識することで、食べ物も遊ぶ場所も限られてくる。気を遣わなくちゃいけないことがたくさん出てくる。

目には見えない放射能。それが、福島を分断している。見えない壁が、人々の間に立ちはだかっている。震災から3年経って、無くなるどころか、どんどん高くなっているような気さえする。

でも、みんな同じ願いを持っているんだよね。子どもたちと、家族のしあわせ。不安無く平和に暮らしたい――。同じ願いを握りしめているのに、派閥が生まれたり、人の目を意識してストレスが溜まってしまったり。そんなのつらい。東京で暮らしていては、見えない複雑な状況。第三者の私には、その問題については、どうしようもなくて。だから、げるまキャンプでは、いつもお母さん方の話を聞くことしかできないんだけど。この先、このひずみはどうなっちゃうんだろう？　って。そして、それを肌で感じて大人になる子どもたちは、どうなるんだろう。

きれいな色をした宝貝の亀は、今、私のパソコンの傍に、まあるく輪をつくっている。いつか、小さな子どもたちを守るための大きな一つの輪を、手を携えて、つくることができるだろうか。

自分以外の人たちの願いをかなえるために、
責任を負う勇気を持たねばなりません。
この責任を負いたいと望まねばなりません

アウンサンスーチー

アウンサンスーチー女史の半生を描いた映画『The Lady　アウンサンスーチー　ひき裂かれた愛』の中で、彼女が国民の想いを受け、政治の世界に足を踏み入れることを決意するシーンがある。彼女は、もはや彼女自身の意思というより、民主主義による平和への国民の熱望に動かされているように見えた。華奢な背筋をぴんと伸ばして、品のあふれる女優さんのたたずまいは、きっとアウンサンスーチー女史にそっくりなのだろうと、胸が高鳴った。あまりに美しく、そしてかっこよくて、痺れてしまった。もはや民の使徒《しと》となった彼女には、もう怖いものなどないのかもしれない。軟禁中に、銃を向けられた彼女がまったくひるまなかったというエピソードも、一個の人間の意思を超越した何かが、宿っているからに違いないって思う。まっすぐ生きることに、恐れることなどあるものか。間違っていることを間違っていると糾《ただ》すことが、どうしていけないことなのか。映画を観ながら、そうだそうだ！　と心の中で共感する自分がいて。

けれど、自分以外の誰かの願いをかなえるために、自分の人生や、はたまた命まで惜しまないなんて。そう簡単にできることじゃない。相当の覚悟がいる。責任も生じる。重圧もあるだろうし、それに、そんな状況は、ふつうに生きていたら遭遇しない。アウンサンスーチー女史が、ビルマ独立の父であるアウンサン将軍の娘だから。ミャンマーの政治情勢が不安定だったから。そう考えるなら、彼女は誰も成し遂げられない域に達した聖人で、その彼女の言葉は、私の人生には直接関係ないようにも聞こえる。

でも、私は、なぜか彼女の言葉にひっかかっていた。そこから私が得られるものはないのだろうか。これから先、いつか、この言葉に私は支えられるようなときが来るのだろうか。彼女の想いを理解するには、私は未熟すぎるまま、人生を終えることになるのかもしれないし、それは、今のところ私にもわからない。映画を観終わって、そんなふうにぼんやり考えていた。

今、私は那覇から羽田への飛行機の中でパソコンを開いている。ちょうど、第3回げるまキャンプが、けが人もなく無事に終わったところ。毎年、この瞬間にようやくほっと胸を撫で下ろすことができる。そして、今の自分の胸の内を書き留めてみたいと思う。

キャンプ中、子どもたちを寝かしつけたお母さん方と、食堂でお酒を飲むこともある。この宴は、誰からともなくはじまる。ほとんど毎晩開かれていて、島の人たちも集まってお酒を酌《く》み交わす、楽しい時間でもあり、そして本音の聞ける場所でもある。そこで、お母さんたちから、聞いていても胸が苦しいような福島の現実を聞くことが多い。

「私たちでは、どうにもならないことがあります。だから、くららさんのような方に、ぜひ発信してほしいんです」

と、あるお母さんが言った。この一言には、言葉以上の、なんていうか純粋な想いが詰まっていた。真正面から、こんなふうに切り出されたら、〝わかりました〟と承《う》けたくもなるけれど、福島の現状を知れば知るほど、簡単じゃないことをわかっている。私は、泡盛のグラスをからからとまわしながら、お母さんたちの言葉を静かに受け止めようとしていた。

東日本大震災で、日本中が揺れた。大地だけじゃなく、政治もメディアも。影響力のある著名人は、SNSやブログなどを通じて、寄付や募金を呼びかけた。たくさんの人々が、東北のために動いていた。けれど、エンターテイメントの世界で働く私たちのような人々にとっては、メディアで、自分の言葉で発信することは、ある意味とてもデリケートなことでもある。責任が生じるからだ。特に震災直後、原発批判や東電批判発言をすることは基本的に歓迎されなかった。どんな業界でも分野でも、あらゆる関係性の中で成り立っているからこそ、だった。

震災から3年経ち、放射能の実態は、正直、私にはわからない。専門家でもないし、知識もない。私は反原発運動をしているわけでもなく、煽動者《せんどうしゃ》として、このキャンプを開催しているわけでもない。自然の中で元気に走り回る子どもたちの笑顔が見たくて、このキャンプを立ち上げた。そして、慶良間の自然の美しさをたくさんの人々に知ってもらうことで、島の人たちも笑顔になってくれる。そこに関わるみんながハッピーになれればいいと思っている、ある意味、ハッピー・イージー・ゴーイングなキャンプでもある。

けれど、福島では人々の心が、見えない放射能によって、きしきしと音をたててきしんでいる。お母さんたちの願いは、痛いほど伝わってくる。子どもたちを守りたい、たったそれだけのこと。なのに、孤独な闘いはずっと続いている。これは、きっと大きな負担に違いない。この先、福島の人々の間に、もっと大きなひずみが生まれてしまったら——。そして、それを見て子どもたちはどう感じるのだろう。そう考えると、胸が苦しい。

これまで、たくさんのお母さん方にお会いしてきた。想いも知っている。だからこそ、その願いを、それが私にできることであれば、一つずつやっていきたいと思う。

このキャンプが、福島のお母さん方、そして子どもたちに寄り添うものであってほしい。少しでも、楽な気分になってほしい。楽しい気分になってくれれば。誰かを、何かを批判しようとは思っていない。ただ、私が見聞きする現実を、多くの人々に向けて自分の言葉で語ることで、何かが変わるかもしれない。

げるまキャンプ3年目を終えて、今、私は新たな場所に立っているような気がする。

私はきっと、ある覚悟を決める必要がある、と思った。それは、キャンプを開催するだけではなくて、目の前で起こっている現実を、私が見聞きしてきたものを、自らたくさんの人に伝えること――。

私には今、話すべきことがある。アウンサンスーチー女史の言葉を反芻《はんすう》しながら、とても穏やかに凪《な》いだ自分の心を見つめている。

4
未来

慶留間島にて。

憧れの人
黒柳徹子さんとの対談

Entretien avec
Mme. Tetsuko KUROYANAGI,
une femme que j'admire.

自分らしく生きるために大切なこと

――女性としての生き方、そしてユニセフの活動

小学生のとき、ユニセフ親善大使としてアフリカで活動する黒柳徹子さんのテレビ番組を見て、私は強い衝撃を受けました。何不自由ない生活が当たり前ではない現実を、目の当たりにしたのです。栄養失調で今にも息絶えそうな子どもを抱きかかえ、惜しみなく愛情をそそぐ黒柳さんの姿は、私の奥底にある何かを揺さぶりました。そして、いつか黒柳さんのように、貧困にあえぐ子どもたちを救う活動をしたいという、夢を抱いたのです。

今でも黒柳さんの生き方から目が離せません。黒柳さんは、日本のテレビの草創期から活躍しつづける、誰もが知る女性です。１９８４年からはじめたユニセフ親善大使としての活動は、２０１４年で30年を迎えました。世界の子どもたちを取り巻くさまざまな問題を伝え続けるために訪れた国は、なんと30ヵ国。女優、タレント、司会者、エッセイストなど、いくつもの多彩な顔を持ち、多くの人々に勇気を与え続ける黒柳さんに、「自分らしく生きるために大切なこと」を教えていただきました。

トットちゃんだったころ

知花　黒柳さんの幼いころの自伝である『窓ぎわのトットちゃん』が、新たに絵本になって発売されましたね。おめでとうございます。

黒柳　ありがとうございます。文字がちょっと少なくなって、2冊に分冊しました。いわさきちひろさんの素敵な絵をたくさん入れさせていただいて、小さい方でも読めるように仮名を振ってあります。

知花　この私の本の55の言葉のうちの一つにも、『窓ぎわのトットちゃん』の中から言葉を選びました。私、小さいころに『窓ぎわのトットちゃん』を読ませていただいたのですが、先日改めて読んだら、大人になると全然見方が変わるんだなあと。黒柳さんの恩師である小林先生も素敵ですが、お母様もとても素敵ですね。

黒柳　私の母はかなり面白い人だったんですよ。私は小学1年生のときに、通っていた小学校を退学になりました。でも、母は私が20歳を過ぎるまで、退学だったとは、私に言わないでいてくれたんです。たぶん、6歳のとき「あなたは退学になったから、新しい学校へ行きましょうね」なんて言われていたら、新しい学校に入ったときに、「電車の教室」（当時トモエ学園は電車の車両を教室にしていた）を見ても、あまり楽しくなかったと思います。「みんな私のこと、退学させられたって知ってるのかな」と不安になったと思います。

知花　お母様は「新しい学校に行ってみない？」と言っただけだったのですよね。

黒柳　そう。そのときにガミガミ言われていたら、私はもっと違う人間になったかもしれないですね。だから母に非常に感謝してます。大人になってから母に、「あんなに小さな子どもの人格を認めてくれてたの？」って聞いたら、「あなた、そんなこともわからないで育ったの？　ガッカリしちゃうわね」って言われたんだけど（笑）。ああいう母親にはとてもなれないと思いました。

38歳でアメリカ留学

知花　そしてユニセフの親善大使として世界の子どものために、長年活動を続けてこられた黒柳さんですが、最初はNHK専属のテレビ女優としてデビューされたんですよね。

黒柳　ええ、でも私は、もともと自分の子どもに絵本を上手に読んであげるお母さんになりたかったんですね。あるとき人形劇を見て「こういうことをやってあげられたらいいな、自分の子どもに読み聞かせしたいな」と思っていたら、新聞にＮＨＫのテレビ俳優募集の広告が出ていて、そこならいろいろ、読み聞かせのことを教えてくれるかなと思って試験を受けたら、受かっちゃったんです。

知花　テレビ放送が始まった、昭和28年ですね。

黒柳　そう。だから、もともと女優になろうと思ってなくて。でもそのうちに、女優や司会の仕事がものすごく忙しくなって……。

知花　実は一度、テレビやラジオのお仕事を辞めて、留学されているんですよね。

黒柳　ええ、38歳のとき。これ私が、ニューヨークに1年間、演劇の勉強に行っていたときの写真です（次ページ参照）。

知花　すごく素敵！　振り袖着てらっしゃって。

黒柳　これは五番街です。イースター・パレードのとき。みんなさまざまな帽子をかぶって歩いていたんです。私が振り袖を着てったら、40年以上前ですから、まだアメ

30代にニューヨークに留学。ニューヨーク五番街にて。イースター・パレードの日（1971年前後）。

黒柳徹子

東京生まれ。東洋音楽学校（現・東京音楽大学）声楽科を卒業し、NHK東京放送劇団に入団。女優だけでなく、「徹子の部屋」（テレビ朝日系）、「日立 世界ふしぎ発見！」（TBS系）のレギュラーなどのテレビ番組、コンサートの司会などでも活躍。1981年出版の『窓ぎわのトットちゃん』は、ベストセラーとなり、世界35ヵ国で翻訳される。社会福祉法人トット基金で、プロのろう者の劇団を作ったり、ユニセフ（国連児童基金）親善大使を務めたりと社会貢献活動でも知られる。ちひろ美術館（東京・安曇野）館長を務める。近著に『絵本 窓ぎわのトットちゃん 1・2巻セット』（講談社）。

リカではそれが珍しくて、みんなが私の写真を撮ってね。その年のニューヨークのDPE屋さんのほとんどに、私の振り袖の写真が行ったっていうぐらいの（笑）。

後悔しないために、原点に立ち返る

知花 でも、15年も続けていたテレビやラジオのお仕事を辞めて、30代後半で新たな転機を迎えるって怖くありませんでしたか？　迷いはなかったんでしょうか。

黒柳 なかったですね。休まなきゃだめになるっていう思いのほうが強くて。どうしてかといえば、NHKで女優デビューした翌年から、ドラマを週に7〜8本、ラジオを3本やっていたんです。睡眠不足でね、過労で入院したりしたんですけど、そもそも私は絵本を楽しく読めるお母さんになりたかったので、これはちょっと一回考えてみなきゃだめだなと思って。

知花 ご自分の原点に戻ろうとなさったんですね。

黒柳 そうです。いろんな人にお話を伺うと、女性の38歳くらいって「このままでいいのかなあ」って思う年頃みたいですね。年齢的に子どもが産めるかどうかということともあるし。当時、男親はいなくても子どもを産むというのがわりと流行ったんですよ。森光子さんなんか、私に「産んでくれない？　私が育ててあげるから。あなたの子ども見たいから」っておっしゃってくださって（笑）。

知花　それは私も見てみたかったかも（笑）。

黒柳　ただ、子どもを産むような機会もなくて。だから、ここで改めて、もう一度しっかりこの仕事に取り組んでみようと思ったんですね。

知花　改めて、ご自身の生き方を決められた。

黒柳　そうです、それでニューヨークの演劇学校に行きました。

知花　でも「帰ってきたときに仕事がなかったら」という不安はありませんでしたか？

黒柳　そんなことを、行く前にずいぶん言われました。でもね、それまで15年もやって、それで帰ってきて仕事がなかったら、それは自分に向いてないってことだから、だったら違う仕事をすればいいじゃないのと思ってね。

知花　それほど決意が固かったんですね。実際に留学されて、いかがでしたか？

黒柳　結果として、行ってよかったです。日本では仕事があることが、どんなにラッキーなのか、わかりました。ニューヨークのブロードウェイでは、『屋根の上のバイオリン弾き』みたいに15年以上もやっているロングランのものもあれば、どんなにお金をかけて準備をしても評価が悪くて1日で終わるものもある。だから、ロングランの舞台のお仕事がある方はいいけれど、そうでない方、90パーセント以上の歌手やダンサー、俳優さんたちが失業しているんです。

知花　そんなに厳しい中で、皆さん、お仕事を続けてたんですね。

黒柳　そういう人たちの姿を見たのが、私にとってはとてもよかった。ニューヨーク生活終盤で、テレビ朝日から、『徹子の部屋』の前身のニュースショーの司会をやってほしいって電話があったの。「これからは黒柳さんのような、結婚したことのない、ちょっとプラプラしている女性が見た世の中のことを、ニュースでやっていただくのがいいと思います」ということで（笑）。1年くらいニューヨークにはいたし、本当はもう少しいたかったけど、じゃあ、そろそろ……と思って帰ってきたんです。

人と自分を比べない

知花　私はいま32歳になったんですけど、やはり30代は女性としていろいろ考えてしまう時期で、この本を読んでくださる方の中にも、これからを自分らしく生きたいけれど、どうしたらいいかわからないと思ってらっしゃる方も多いと思うんです。どうしたら黒柳さんみたいに、自分らしく生き生きと輝けるのでしょうか？

黒柳　私が仕事を始めたときは、たまたまテレビの女優になっちゃったので、やりたいことを仕事にするとか、入りたい会社に入るというんじゃなかったんですね。それでも一生懸命はやりました。

知花　当時は録画ができないから、ドラマも何も、全部が生放送だったとか。

黒柳　ですから、どんなことがあってもセリフは覚えて、だめだったらアドリブでなんとしても切り抜けなきゃやっていけないっていう時代。今みたいに「あ、間違えました、どうもすみません」と撮り直しは、絶対できない。ナマですから。その中を乗り越えてやるのにはやっぱり、「やるときはやるしかない！」と覚悟してやるんです。

知花　ものすごく精神的に鍛えられるでしょうね。

黒柳　それに、人と自分を比べたりするってことをはじめからしてなかった。だって、テレビの世界は、それは綺麗な人は山ほどいるし。あとは実力の世界ですからね。その中で得たことは、「人と比べてもしょうがない」っていうことと、「自分らしく生きていくしかない」ってこと。

「個性」を出したら忙しくなって……

知花　でも、黒柳さんには、誰にも負けない武器がありますよね。声もキャラクターも、とても個性的で魅力的です。

黒柳　でもはじめはね、みんな私に「個性が邪魔だから、普通にしてろ」って言ってたんです。当時は個性がないのが主流だったから、NHKの試験には受かったけど、現場の人は、私みたいなのが行くと本当に困っちゃうの。新人は、はじめ大勢でガヤガヤ声を出すようなことをするんだけど、こういう声だから、際立っちゃって。下手だったのもあるんですけど、それが一生懸命やろうと力んで大きな声を出すもんだからなおさら目立って、ディレクターに「ちょっとお嬢さん、5メートルぐらいマイクから離れて」「10メートル離れて」、最後には「あ、帰っていいや」なんて言われて。

知花　ふつうなら、心が折れますね。

黒柳　はじめの1年ぐらいは本当に、テレビもラジオもそんなふうに毎日降ろされて。もともと自分に自信があってこの仕事に就いたわけじゃないから、「こんなもんだろうな、世の中って」とは思ってたけど、それでも同僚はうまくやっているわけだから、やっぱり辛い思いもしましたけど。でも、次の年から、「個性化時代」って言われる世の中になって。それがラッキーでした。そうしたら今度は「個性を出して」ってみんなに言われてね、それで忙しくなって。

知花　この間まで「個性は引っ込めて」って言われたのに。

黒柳　そうなんです、もう何が何だかわかんない……。ただ私、最近、本当に1週間ぐらい前に気がついたんですけどね、テレビが始まったときに、若い女の子で司会をしている子、いなかったんですよ。司会っていう職種はなかった。女優とか、ラジオはすでにあったからアナウンサーという仕事はあったのですが、女優ほどくだけすぎず、アナウンサーほど堅くなく、その場を上手に取り仕切るやり方ってなかったんです。

知花　テレビ放送が始まったばかり、さまざまな番組の草創期ですものね。

自分らしさから生まれた新しい「司会」のスタイル

黒柳　『はてな劇場』という子ども向けの理科の番組で進行のおねえさんをやるようになって、司会ですね。その後『魔法のじゅうたん』というやっぱり子ども向けの番組のときも進行役で。そんなとき、同僚はアナウンサーみたいにやったりしたんだけど、私は私らしくやったんですよね。

知花　これまであった、アナウンサーのようなやり方ではなくて……。

黒柳　生放送だから、失敗とかいろんなことがあるんだけど、そういうときに自分らしく、それでいてみんなに憎まれないような方法を開拓していったの。苦手な相手でも、年下の方にも、全部「さん」をつけて敬語で接するとかね。やっぱり相手は人間だから、コミュニケーションはきちんとする必要がある。そうするうちに、司会に向いているってことが定着していって、25歳で、当時、史上最年少で『紅白歌合戦』の司会をしたり、あとでは、『ザ・ベストテン』の司会もやるようになったんです。

知花　すごい。自分らしくやることで、日本のテレビ番組の「司会」の原型をお作りになられたんですね。

黒柳　そうなの、他にもね、私は冗談が通じないって言われてるんですけど。昔、所ジョージさんが、『徹子の部屋』にお出になったときのことを随筆に書いてらしたんだけど……「僕が『牛ぐらい大きい柴犬を飼っている』と言ったらば、黒柳さんは『ほう』と驚いていた。だから黒柳さんに冗談を言ってはいけません」って。

知花　その話、信じたのですか⁉

黒柳　というよりも、私が知らないだけで、本当にそういう柴犬がいるかもしれないと思ったのね。だから、「ほう」って言ったんですけど、彼としたら冗談で言ったわけだから、そこでウケないと、いわゆる「すべる」形になるわけでね。すべったんでしょう？　よく、そういうことがあるんだけど。

知花　他のテレビ番組でも取り上げられていますよね。『徹子の部屋』に出た芸能人の方が、ギャグで黒柳さんを笑わせようとしているのに、ぜんぜん笑わないっていう

（笑）。

黒柳　自分でも「私、こんなにひどくないんじゃない？」って思うくらい、そこだけ切り取ってみると本当にゲストの方に冷たくしてるように見えるんですけど（笑）。でも、面白くないことで笑ったらね、毎日見てらっしゃる方はわかるわけで。「面白くないのに、どうして無理して笑うんだろう」と思われたら嫌じゃない？　だから私、面白くなかったら、「は？」とか「ほう」って言うようになって。

知花　視聴者は、黒柳さんのそういう正直なところを信頼するのだと思います、きっと。

黒柳　そう。だって見ている方たちは、やっぱり同じように感じてると思うから、「は？」でいいんだと思うんです。そうして自分らしくやることで、番組ができるぐらいの、一つの個性になり。新人でそれをやったら可愛くないかもしれないけど、まあね、これだけ長くやってればね、いいかなと思います。そういうのが信頼になって、見ている方もユニセフのほうに募金してくださるんだと思います。

知花　自分自身に誠実でいることが、他の方に対しても誠実でいることなのかもしれませんね。

どんなことがあっても子どもを飢えさせちゃいけない

知花　募金といえば、ユニセフの親善大使である黒柳さんの元に集められた募金の総額が、この30年間で、なんと52億円になったとか。すごい金額ですね！

黒柳　いちばんお金を集める親善大使と言われてます（笑）。ありがたいことに、現地に行くたびにテレビ朝日さんが同行して、放送してくださるんですね。それを見た方が募金してくださってるんだと思うんですけど。

知花　それにしても皆さん、とても親切ですね。

黒柳　本当にそう思います。見ず知らずの……まあテレビでは見てくださってるかもしれないけど、私のことを悪い人だとか思わないでお金を送ってくださる。そういうこと、私、とてもありがたいと思っています。だから、皆さんからいただいた分は、事務費は一切取らないで、1円残らず、どんどんユニセフに送っていくんですね。

知花　1984年に親善大使を始められたときは、タンザニアに行かれたんですよね。

黒柳　そうです。その年に、子どもがいちばん困ってる場所に行くんだけど、最初は、当時、飢えがすごいと言われていたアフリカのなかの、タンザニアに。

知花　初めて現地の子どもをご覧になって、どうお感じになられましたか？

黒柳　キリマンジャロ山のそばの村に行ったんですけど、6歳ぐらいの男の子がズルズルと地面を這《は》ってたのね。「その子、どうしたんですか」と聞いたら、赤ちゃんのときにお母さんからの母乳が止まってしまい、脳に栄養が行かなくて、脳の発育が止まった。そのせいで考えることはもちろん、しゃべることも立つこともできないで、這っているだけだって。この子がもし20歳まで生きたとしても、物も言えないし、考えることもできないって。それを聞いたときに、どんなことがあっても子どもを飢えさせちゃいけないと思いました。

知花　飢えは命だけでなく、人間性も奪うんですね。本当に恐ろしいことだと思います。私は国連ＷＦＰで世界の食をサポートするという活動をしているんですが、その「飢え」という状況が、私たちの世代には想像しにくいことなので、活動をしていても、どういう言葉で伝えたらわかりやすいかなあと苦心することが多いんです。

黒柳　誰に伝えるとき？　日本にいる人たち？

知花　日本にいる方々です。戦後生まれの方のほとんどは、お腹がとってもすいている状態を経験したことがないので、飢えがわからないんです。それでも、日本の子どもたちは感受性が豊かだから、同じ世代の子どもたちが飢えているのを見ると共感する部分があるみたいです。『課外授業ようこそ先輩』（ＮＨＫ）という、ゲストが母校で授業を行う番組で国連ＷＦＰの話をしたら、みんなすごく共感してくれたのには、とても驚きました。

黒柳　私、思うんだけど、同情とかではなくて、大人が考えてもわからない不安みたいなものを、子どもはとってもわかってると思うんですよ。

知花　感じ取るのでしょうか。

黒柳　「なぜこういう子たちは飢えているのに、自分の家の冷蔵庫には物がいっぱいあるんだろう」って思うとき、やっぱりそれは変だって思うんじゃない？　そういうことは子どものほうがわかると思うんです。20歳くらいを過ぎると仕事が大変、恋愛も大変ってなっちゃって、とてもそこまで気が回らないところがあるかもしれないんだけど。だからこそ、それ以前の子どもたちに知らせることが特に必要だと思います。

黒柳徹子さんとの対談

歓迎に来た少女を抱く黒柳徹子さん。1993年スーダンにて（撮影：田沼武能）。

綺麗なブラウスを着る理由

知花　黒柳さんにぜひお伺いしたいことがあるんです。私は国連WFPの活動で現地に行ったときに、私がその人たちを直接救えるわけじゃないということに、今も罪悪感を覚えるんです。日本に戻れば、自分はとても豊かな生活をしてるのにって。黒柳さんはそういうことをお感じになることはありますか？

黒柳　罪悪感を覚えたことはないです。まあ、今も食べるものがなくて飢えてる子どもたちのことを考えるとね、日本で本当にこんなに食べたいだけ食べてていいのかな、と思ったりはするんですよ。だけど、現地まで出かけていって、困っている子どもたちがいるということを世の中に知らせることが、私やあなたみたいな方の仕事なんですね。

知花　そうやって世の中に伝えることで、一人でも二人でも、救うことができれば……。

黒柳　そう、それはとても意味のあることだと思っています。でも、私がユニセフの活動を始めた頃は、一般の方になかなか受け入れてもらえなかったのね。白いブラウスを着ていったら、「あんな綺麗なブラウス着てアフリカなんか行って、汚れたらどうするんだ」「なんで『もんぺ』を穿《は》いていかないんだ」みたいなことを言われて。

知花　私もそういう意見をいただくことがあります。

黒柳　でも、もんぺなんか穿いてったら、向こうの方に失礼でね。私、戦後進駐軍がアメリカから日本に来たときに、進駐軍の奥さんが、木綿《もめん》のすごく綺麗な洋服を着てるのを見て、「いつか私も、ああいうのを着る人になろう」と思ったんです。

知花　なるほど、そういう夢や憧れの存在になるという意味合いもあるんですね。

黒柳　私はそう思ってるんですけど、日本のボランティアのやり方って――私はユニセフの仕事をボランティアとは思ってないけど――、もんぺ穿いて、そういう形から入ることがいいと思ってる方が、はじめは多かった。だから、普通の格好って言ってもなかなか大変なんですけど。でも、なるたけ普通の服を着て。さりとて、あまり目立たないとカメラマンが私のことを探すのが大変だから、そのへんはほどほどのところを（笑）。そういえば、国によっては「大臣にお会いするのに、ズボンは禁止」というところもあって、私、スカート代わりにテーブルクロスを巻き付けて、お会いしたこともあります。

知花　テーブルクロスを巻くのも、綺麗なブラウスを着ていくのも、どちらも相手の方に敬意を表した結果ということですね。人間同士、それが何より大切なんですね。

「自分らしくやる」と決めたら後悔しない

黒柳　人が何か言うかもしれないけど、自分が子どもたちを助けたいと思う気持ちのほうが強ければ、それを優先することが大事なのであってね。何かを言われたりすることは自分が受けて、目的は見失わないこと。何かを成し遂げたいなら、それを優先しないと。

知花　私はこれまで、「何になるか」というところで一つに決められない自分が、すごくもどかしかったんです。黒柳さんがはじめは女優になるつもりがなかったように、私ももともと芸能界に入りたくてミス・ユニバースに応募したわけじゃなくて……だから、この業界に入って、タレント活動をするのか、女優になるのか、モデルになるのかと周りから迫られたときに、正直「わからない」となってしまって。

黒柳　そりゃそうですよね。

知花　でも私は国連ＷＦＰの活動は続けたいし、そのためには芸能活動も頑張らなきゃいけない。そういうジレンマがあったんですけど、黒柳さんのお話を聞いていて、目の前の仕事を、自分らしくやれば、いつか道ができるのかもしれないなって。

黒柳　「何になるか選べない」というのはよくわかるんだけど、ただ、やっぱり自分でやろうと決めないとね。私はユニセフの親善大使を30年やってきて、毎年一度、どこかへ行くことにしているんですけど、これってかなり大変なんです。親善大使を始めたときは、もう『徹子の部屋』も『ザ・ベストテン』の司会もやってましたし、『世界ふしぎ発見！』が始まるかどうかってときでしたから。やろうと決めないと、時間が捻出できないし。病気になって帰ってはこられない。すぐ仕事ですから。

知花　後悔しないためには、どうすればいいでしょう？

黒柳　私は何かをはじめる前はすごく考えるんだけど、最終的に「私、これでいいわ」と思ったら、「自分らしくやる」と決めることね。「お母さんが言ったからやったら、こんなことになっちゃった」みたいなことじゃ、具合が悪いでしょう。やっぱり自分で決めて、自分らしくやるということが大事だと思います。

一人か二人でも理解してくれる人がいたら、それで十分じゃない？

知花　黒柳さんが大切にしている言葉っておありですか？

黒柳　座右の銘でもなければ、いい言葉でもないんだけども、生きてきた中で、やっぱり「人と自分を比べない」ってことは重要なことだったと思います。

知花　難しいです。私はつい、人と比べてしまうことがあります。

黒柳　そうよね。でも、例えば誰がお金持ちでうちはそうじゃないとか、他のこともそうだけど……人と比べるのは、無駄なことだと思います。さっきも言ったように、芸能界なんて顔一つじゃないですか。そういう面はすごくあるけど、そこで人と自分を比べて消極的になることで損してることって、ずいぶんあると思うんですね。それよりも、自分らしくやることで開ける道があるんだから。

知花　黒柳さんが自分らしく頑張って、司会のお仕事を開拓されたように、ですね。最後に、黒柳さんが素敵だなと思える女性の共通点を教えてください。

黒柳　そうね、優しい人。私、野際陽子さんと昔から仲がいいんだけど、彼女はあれだけスカッとしてるんだけど、でも本当のところがとても優しい。人間として、思いやりがあるの。画家の堀文子先生の孤高《ここう》の生き方も尊敬しています。

知花　例えば、落ち込んでるときに察してくれるとか、そういうことでしょうか。

黒柳　うん、私、落ち込むってことがあんまりないんですよね（笑）。そりゃ若いときはね、毎日みんなに叱られて、NHK東京放送劇団の上級生なんかには「おまえのしゃべり方は変だ」「明日までに直してこい」なんて、そういうことといっぱい言われましたよね。だけど、私のことを「これでいい」って言う方もいたんだから、そう言ってくださった人のことを信頼してもいいんじゃないかと思ってね。そういうふうに、自分を理解してくれる人がいるっていうのはラッキーでしたね。堀先生とか、理解してくれたり、愛してくれたりする人がいれば、人間ってどんなときも、なんとかなると思うんです。いっぱいの人に理解してもらわなくても、一人か二人でも理解してくれる人がいたら、それで十分じゃない。

知花　そういう人がいれば、人間はその人らしく、人生を生きることができるんですね。今日は本当にありがとうございました！

おわりに

ヨルダンのキャンプにて

私は今、国連WFPの活動でヨルダンにいます。

2011年にシリア紛争がはじまって、ヨルダンには現在、難民登録した60万人ものシリア難民が生活しています。

ヨルダン国内にある難民キャンプは二つ。ザータリキャンプ、そしてアズラックキャンプ。そこで暮らす難民はあわせて10万人近くにものぼります。

2014年の春にできたばかりのアズラックキャンプでは、命からがらイスラム国の襲撃から逃げて来たという、まさにその日たどり着いたばかりの家族に会いました。

「突然やってきて、『戒律』に従っていない、と言って村人を鞭《むち》で打ったり。とても怖くて――」

と語るお母さんの傍らには、5人の子どもたち。

くりくりした大きな栗色の瞳に、縁取る長いまつげ。人懐っこい笑顔がかわいくて。爆撃を避けながら、一家を連れて逃げる道中は、きっと長くて苦しかっただろうと思います。

戦争は、何の罪もない人々の命を奪います。これは、やっぱりあってはならないこと。〝命《ぬち》どぅ宝（命こそ、宝物）だよ〟と、沖縄戦を経験した祖父がつぶやいていたのを思い出しました。

シリア国内では今も戦闘が続いています。将来の見通しのないままの難民キャンプでの生活は、辛く、不便なこともあるかもしれない。けれど、どうか生き残った命を大切にしてほしい。いつか、彼らが祖国に戻ったとき、新たな国づくりが始まるかもしれない。その日まで、栄養をちゃんと摂り健康でいること、そして子どもたちは学校に通って、未来への希望を胸に抱き続けてほしい。

そのためには、人道支援機関によるシリア支援が直面している資金不足を解消する必要があります。このままいけば、年末までに多くの支援を、削除しなければならない状況にもなりかねません。

シリア人一人、一日1ドルで食糧を得ることができます。

いま私たちは、皆様のご協力を必要としています。

もし、ご関心を持って頂けたなら、国連WFPもしくは、他の国連機関、人道支援機関のホームページやフェイスブック、ツイッターをのぞいてくださるだけでも、すごくうれしい。情報が日々、更新されています。

将来を担う、子どもたちの笑顔を今、守る必要があると私は強く感じています。


アンマンのホテルの窓から、ヨルダンの朝日がぐんぐんと昇るのが見えます。赤くて、大きくて。遠くにモスクの見える、砂埃にまみれた街を、赤々と明るく染めて。今、私ができることは、ほんとうに小さい。けれど、〝できることから一つずつ〟。この美しい景色を眺めながら、そんな思いを新たにしています。

最後に、この本を出版するにあたり、大変多くの方々にお世話になりました。ファッションジャーナリストの生駒芳子さん、講談社の依田則子さん、国連WFPの保田由布子さん、とびきり素敵にこの本をデザインしてくださった文京図案室の三木俊一さんと芝晶子さん、おしゃれでチャーミングな表紙を撮ってくださった谷田政史さん、いつもきれいに、スタイリッシュに仕立ててくださるヘアメイクの室岡洋希さん、スタイリストの田中雅美さん。そして、私に素敵な言葉をかけてくださった、世界中の大切な人たち。

そして、この本を手に取って最後まで読んでくださった皆様。

私の身体は、そして心も、生き生きとした素晴らしい言葉たちでできている！

一人で生きているんじゃない。

出会いがあって、大切な存在に支えられて、今ここに生きているんだと、改めて感謝の思いでいっぱいです。

２０１４年冬　知花くらら

出典

p 16, p 159 『イリュージョン　悩める救世主の不思議な体験』
リチャード・バック＝著　佐宗鈴夫＝訳　集英社文庫

p 31 『緒方貞子　難民支援の現場から』　東野真＝著　集英社新書

p 59 『時の試練をへた人生の知恵』　サム・レヴェンソン＝著

p 62 『わたしはマララ　教育のために立ち上がり、タリバンに撃たれた少女』
マララ・ユスフザイ＝著　クリスティーナ・ラム＝著
金原瑞人・西田佳子＝訳　学研マーケティング

p 66 『もう、服従しない　イスラムに背いて、私は人生を自分の手に取り戻した』
アヤーン・ヒルシ・アリ＝著　矢羽野薫＝訳　エクスナレッジ

p 76 『海からの贈物』
アン・モロウ・リンドバーグ＝著　吉田健一＝訳　新潮文庫

p 92 『マザー・テレサ　愛と祈りのことば』
ホセ・ルイス・ゴンザレス・バラド＝編　渡辺和子＝訳　PHP文庫

p 106 『一年有半・続一年有半』　中江兆民＝著　井田進也＝校注　岩波文庫

p 126 映画『女と男のいる舗道』
ジャン・リュック・ゴダール＝監督　ヘラルド配給

p 141 『葉っぱのフレディ　いのちの旅』　レオ・バスカーリア＝著　みらいなな＝訳　童話屋

p 150 『星の王子さま』
サン＝テグジュペリ＝著　河野万里子＝訳　新潮文庫

p 156 『歩く旅の本　伊勢から熊野まで』　福元ひろこ＝著　東洋出版

p 158, p170 『夜と霧　新版』
ヴィクトール・E・フランクル＝著　池田香代子＝訳　みすず書房

p 162 『窓ぎわのトットちゃん』　黒柳徹子＝著　講談社文庫

p 175 『感幻樂　塚本邦雄第六歌集』　塚本邦雄＝著　白玉書房

p 178 『直接の生』　ポール・エリュアール＝著

p 183 『たとへば君 —— 四十年の恋歌』
河野裕子＝著　永田和宏＝著　文藝春秋

p 217 映画『The Lady アウンサンスーチー ひき裂かれた愛』
リュック・ベッソン＝監督　角川映画配給

le profil

知花《ちばな》くらら

1982年沖縄生まれ。小学館「Domani」の表紙モデル、BS12「グローバル・ビジョン」、BSジャパン「テレビ日経おとなのOFF」、TBS「&happy」、JFN「知花くららのPrecious Life」他多数の番組・CMに出演中。また、国連WFP日本大使としてアフリカなどで現地視察を行い、日本国内で積極的に現地の声を伝える活動を行っている。

les informations

国連WFPの活動は、皆様からのご寄付に支えられています。
皆様の温かいご支援をお願いいたします。

詳しくは、0120-496-819（通話料無料）
または info@jawfp.org までお問い合わせください。
ホームページ www.wfp.org/jp

くららと言《こと》葉《ば》

2015年1月14日　第1刷発行

著者　知《ち》花《ばな》くらら

発行者　鈴木 哲

発行所　株式会社 講談社
〒112-8001
東京都文京区音羽2-12-21
☎［出版部］03-5395-3522
［販売部］03-5395-3622
［業務部］03-5395-3615

印刷所　慶昌堂印刷 株式会社

製本所　株式会社 国宝社

表紙撮影　谷田政史
スタイリスト　田中雅美
ヘアメイク　室岡洋希（Three Peace）
ブックデザイン　芝 晶子（文京図案室）
協力　生駒芳子、国連WFP、杉本尚子
編集　依田則子
企画　小林栄太朗（テンカラット）

衣装（表紙）　［シャツ、スカート］エムエスジーエム（アオイ）
撮影場所（表紙）　PORTMANS CAFE

ISBN978-4-06-219221-7　255p　18cm　N.D.C.914